BESTIAL

LE RANCH DES LOUPS
TOME 7

RENEE ROSE

VANESSA VALE

RÈGLE N°7 DE LA MEUTE : LES SECRETS DE LA MEUTE DOIVENT ÊTRE GARDÉS

Je suis censé effacer sa mémoire, pas la revendiquer.

La jeune femme avec qui mon fils est sorti en balade en sait trop. La règle la plus importante de la meute a été enfreinte : elle l'a vu se transformer. L'alpha m'ordonne de lui faire oublier ce moment, mais une seule effluve de son odeur et je comprends la vérité : cette humaine est À MOI.

Riley a la moitié de mon âge. Toute sa vie est encore devant elle. Si je la revendique, je la condamne à un destin qu'elle n'aurait jamais imaginé. En plus, elle pense que je suis un homme à femmes, intéressé par une seule chose.

Je devrais rester loin d'elle. La laisser tranquille. Mais Riley est bien trop, trop belle, et bien trop *mienne*.

Elle est maintenant coincée entre nos deux mondes. Dois-je rester loin d'elle ? Où laisser parler le lien éternel ? De toute façon, elle en subira les conséquences.

Elle n'a pas conscience du lien qui nous unit, mais je ne peux pas la protéger sans cela. Quand le danger se présentera, elle devra me faire confiance, à moi, le loup né pour être à ses côtés, pour que je la protège.

PROLOGUE

RILEY

Hum...

J'avais pensé qu'embrasser Tyler McIntire susciterait quelque chose de plus que... mouais.

Je me reculai pour mettre fin au baiser et me frottai les lèvres. Je regardai au loin en direction de la rivière près de laquelle nous étions assis. Ce que j'avais pensé être un pique-nique romantique dans la nature venait de se transformer en quelque chose de...

Gênant.

Et nous avions déjà parcouru un kilomètre dans le canyon. Aucune échappatoire n'était possible.

Le baiser ?

Euh...

Une erreur.

Une grosse erreur. Je devais dire quelque chose avant qu'il ne recommence.

— Est-ce que c'est moi, ou est-ce que c'était... *Mon Dieu, comment pouvais-je exprimer ça ?*

— Bizarre, répondit Tyler en me faisant un sourire. Un sourire chagriné.

Un... quel était le mot pour un sourire qui est faux et tout aussi gêné que le baiser que nous venions de partager ?

J'avais un faible pour Tyler *depuis la classe de seconde*. Il avait des épaules larges et une voix grave et autoritaire. Il avait toujours semblé... *supérieur* aux autres garçons de notre classe. Lorsque nous avions obtenu notre diplôme, il avait été la coqueluche de tout le comté. Mais il était resté inaccessible parce que pendant toute notre scolarité au lycée, il était sorti avec Lila, l'une de mes meilleures amies.

J'avais dû attendre mon tour.

Maintenant, ils avaient rompu. De manière amicale, c'est-à-dire sans grand chagrin d'amour pour aucun d'entre eux. Elle était partie à l'université dans l'Utah, et il était resté à Cooper Valley pour travailler à Wolf Ranch. J'avais même demandé à Lila si cela la dérangerait que je sorte avec lui, et elle avait dit non.

Alors quand j'avais croisé Tyler à l'épicerie la semaine dernière, j'avais flirté avec lui et lui avais demandé s'il voulait passer un moment avec moi. Il m'avait proposé de faire une randonnée, il avait toujours été amateur d'activités de plein air. Aujourd'hui, il m'avait emmenée dans le canyon, sur un sentier en bordure de rivière. Lorsqu'il avait sorti une couverture de pique-nique de son sac à dos, mon cœur s'était mis à battre la chamade. Je raffolais des moments romantiques.

Mais ensuite... le baiser. Horrible.

Un sentiment de soulagement me parcourut. Au moins, nous étions sur la même longueur d'onde.

— Ouais !

Tyler ramassa un caillou et fit des ricochets sur la rivière comme un pro. Il était réellement le stéréotype même du type parfait (grand, fort, doué pour toutes les choses dans lesquelles il se lançait, et chevaleresque) un vrai cow-boy. Le genre de cow-boy à l'ancienne que Cooper Valley produisait.

Je cherchais une raison qui expliquerait pourquoi embrasser Tyler (après tout ce temps à imaginer comment ce serait) ne serait pas une expérience extraordinaire.

— Hum, c'est peut-être parce que je me sens coupable. J'ai un faible pour toi depuis tant d'années, mais tu étais avec Lila. Peut-être que j'ai programmé mon cerveau pour qu'il te considère comme un frère ou un truc du genre.

Tyler rit et posa les yeux sur moi, ses prunelles bleues pétillaient d'amusement.

— Tu as un faible pour moi, vraiment ?

Je lui donnai un coup de coude.

— Il ne faut pas que ça te monte à la tête, mon grand. *Toutes* les filles de l'école avaient un faible pour toi !

Il sourit de plus belle. Mon Dieu, il était vraiment beau. Mais je ne ressentais plus aucune attirance pour lui.

— Ah oui ?

— Arrête de chercher...

Il pencha la tête en arrière et... renifla, ce qui m'empêcha de finir ma phrase.

Parce qu'on aurait dit qu'il avait senti une odeur de biscuits et qu'il voulait la suivre.

— Oh, merde.

Tyler se leva d'un bond pour se poster devant moi.

Il me fallut une seconde pour réaliser ce qui se trouvait devant nous.

Un puma, qui avait l'air d'un gros chat vraiment terrifiant. Les chats domestiques que j'avais rencontrés avaient tous été des animaux désagréables et prétentieux, mais celui-là, qui n'avait rien de domestique, avait l'air carrément diabolique. Comme s'il allait jouer avec nous, puis nous déchiqueter. Oh oui, puis nous dévorer. J'avais grandi dans le Montana où on parlait des dangers que représentait une rencontre fortuite avec un puma, ou même un ours, sur un sentier. Par exemple qu'ils vous traquaient sans que vous vous en rendiez compte et qu'ils se déplaçaient silencieusement. *Bon sang, c'était totalement vrai.* Je ne m'étais pas aperçue qu'il avait été dans les parages. Et maintenant, il se trouvait juste devant nous.

Tyler leva les bras en l'air, comme pour paraître plus grand.

— Waouh, hurla-t-il. Comme s'il s'adressait à un taureau égaré dans le ranch où il travaillait, et non à un chat sauvage surdimensionné.

Je tentai de me mettre debout, mais il tendit un bras pour me maintenir derrière lui.

— Tout doux, gros minou.

Le puma ne se détourna pas pour autant. Il se rapprocha d'un pas silencieux, s'accroupit comme s'il s'apprêtait à bondir.

— Tyler, hum, puma. C'est un *puma* !

Comme s'il n'avait réalisé, mais ma panique me faisait me comporter comme une idiote. Une idiote vivante. Je ne voulais pas être une idiote *morte*.

— Putain. Reste derrière moi. Je ne vais pas laisser quoi que ce soit t'arriver.

Il leva les bras et les agita de haut en bas comme s'il faisait signe à un semi-remorque de s'arrêter.

J'aurais été en train de baver s'il n'y avait pas eu ce baiser fraternel. Qu'est-ce qui n'allait pas chez moi ? Cet homme magnifique aurait dû me mettre dans tous mes états.

Oui, j'étais vraiment idiote. Je pensais à la possibilité d'une relation avec Tyler à un moment pareil. Peut-être que ma vie défilait devant mes yeux.

Je restai derrière lui et agrippai bêtement l'arrière de sa chemise dans mon poing, comme s'il risquait de s'éloigner de moi si je ne m'accrochais pas à lui pour survivre.

Le gros félin fonça vers nous.

Tyler plia les genoux comme un défenseur de ligne au football américain.

Je poussai un cri. Il n'y avait aucune chance que Tyler survive à un combat avec un puma !

Tyler s'élança dans les airs, donna un coup de pied dans la poitrine du félin alors qu'il le tailladait avec ses grandes griffes.

— Tyler !

La force de son attaque avait fait reculer le félin, mais il était encore plus furieux maintenant, et il avait grièvement blessé Tyler. Il saisit son épaule en sang et se précipita pour placer son corps entre le mien et le puma une fois de plus.

Je me mis à genoux et ouvris son sac à dos, à la recherche d'une arme quelconque.

— Mon dieu, mon dieu, pourvu qu'il y ait du spray contre les ours, marmonnai-je en jetant notre repas par terre, en fouillant dans le sac. Est-ce que ça fonctionnait aussi contre les pumas ?

Le félin attaqua à nouveau. Tyler se débattait, le frappa à la gorge et à la tête alors même que la bête le renversait sur le sol.

Sa gueule s'ouvrit, ses canines jaunes s'apprêtaient à mettre fin à la vie de Tyler.

Les mains tremblantes (en fait, tout mon corps tremblait) je saisis la couverture de pique-nique qui se trouvait au sol (la seule arme que j'avais trouvée) et courus vers eux.

Tyler luttait avec le fauve, s'efforçant de toutes ses forces d'éloigner l'énorme mâchoire de sa gorge, tout en se débattant sous la bête, essayant de le repousser loin de son corps.

Je lançai la couverture de pique-nique sur la tête de l'animal, espérant le désorienter suffisamment pour que Tyler puisse s'échapper de dessous l'animal.

Quelque chose d'insensé se produisit ensuite.

Un grognement féroce retentit. Ce n'était pas le félin mais... *Tyler ?*

Putain de merde !

Je poussai un hurlement et reculai d'un bond, trébuchai sur une racine et me retrouvai sur les fesses.

Je ne savais pas où Tyler était passé, mais un énorme loup avait pris sa place et avait refermé ses mâchoires féroces sur la gorge du puma. Un craquement d'os horrible mit fin à sa vie. L'animal s'effondra sur le sol, du sang jaillit de son cou, sa tête se mit à pendre, sans vie.

Je soupirai (ou plutôt gémis) et reculai en marchant en crabe.

Le loup géant tourna son énorme tête pour me regarder. Un *loup.* D'abord un puma, et maintenant un loup ?

Du sang coulait de ses mâchoires et (*comment était-ce possible ?) Il portait les lambeaux des vêtements de Tyler !*

Malgré la chaleur de cette journée d'été, je fus envahie par un frisson glacial. Mes dents claquaient. Je mis mes mains en avant pour parer à toute attaque et essayai de m'enfuir à toutes jambes.

— T-Tyler ?

Je clignai des yeux, et le loup avait disparu, remplacé par un Tyler très bronzé et très nu. Du sang coulait de son menton et se répandait sur son torse. Son bras était couvert d'entailles causées par les griffes du puma. J'étais en état de choc, en proie à une réaction traumatique.

J'avais des visions.

Il leva les mains en l'air, imitant mon geste.

Maintenant, je flippais à mort.

— Riley, tout va bien, dit-il d'une voix grave et légèrement grondante. Celle que je trouvais habituellement excitante. Ne t'enfuis pas. Je ne te ferai pas de mal, je te le promets.

Pendant un moment interminable, je restai figée, incapable de bouger. Puis l'impulsion donnée par mon cerveau atteignit mes pieds.

Je me levai d'un bond et courus comme si j'étais poursuivie. Peut-être que c'était le cas, après ma rencontre avec un puma *et* un loup.

1

CODY

Je me dirigeai à grands pas vers le bureau de notre alpha et enlevai mon chapeau en entrant.

Tyler me suivit à un rythme beaucoup plus lent.

Rob Wolf était derrière son bureau et leva les yeux de son ordinateur. Avec sa chemise à carreaux aux manches retroussées, la marque du chapeau surcet ses cheveux noirs en bataille et son chapeau de cow-boy posé sur le coin du bureau, il avait le profil de l'éleveur de bétail par excellence. Personne, hormis les autres membres de notre meute, ne savait que c'était aussi un métamorphe. Sauf... merde, une jeune humaine savait pour Tyler.

Le regard de Rob passa de moi à Tyler, puis il écarquilla les yeux.

— Qu'est-ce qui t'est arrivé ?

Nous nous tenions côte à côte devant lui. Tyler ne portait rien d'autre qu'un pantalon de survêtement que je gardais dans ma Jeep pour les cas d'urgence. Il avait des entailles sur le torse et était couvert de coupures, d'ecchymoses et de terre. Il y avait aussi quelques brindilles dans ses cheveux. On aurait dit qu'il avait dévalé le flanc d'une montagne, ce qui aurait peut-être été mieux que ce qui c'était réellement passé d'après ce qu'il m'avait raconté.

— Asseyez-vous. Explique-toi, Tyler, ordonna l'alpha en désignant une des chaises vides.

Rob ne se précipita pas pour aller chercher du matériel médical. Il n'en avait pas besoin. Un rapide coup d'œil à Tyler (même s'il avait l'air mal en point) suffit à Rob pour savoir qu'il se remettrait rapidement.

Tyler se laissa tomber lourdement dans le fauteuil en cuir.

- C'était un puma. Mais déconné. Je suis vraiment désolé.

J'étais fier qu'il l'admette, surtout devant son alpha, mais des excuses n'allaient pas résoudre le problème. Rob arqua un sourcil.

— Oh ? Est-ce qu'on doit traquer un animal blessé et l'abattre ?

Je soupirai et soufflai longuement. Je laissai Tyler parler. Il avait dix-neuf ans, pas six ans. J'allais rester à ses côtés et le soutenir, mais pour être un homme, pour être un *loup*, il devait assumer ses erreurs. Particulièrement avec l'alpha de notre meute qui était aussi son patron. Il ne s'agissait pas d'une vache qui avait été renversée ou d'une autre farce d'adolescent. C'était une putain de grosse connerie.

— Non Rob.

Tyler grimaça en se déplaçant sur son siège. Les coupures et les ecchymoses qu'il avait eu sur le corps quand je l'avais trouvé avaient déjà pas mal cicatrisé. Elles avaient cessé de saigner et les plus petites blessures avaient déjà disparu. C'était l'avantage des gènes de jeunes loups.

— J'étais avec Riley Abbott près de la rivière.

La commissure des lèvres de Rob se souleva. J'avais l'impression que l'alpha et sa compagne avaient peut-être passé du temps *au bord de la rivière* lors d'un jour de repos. J'étais sûr que Tyler avait déjà fait l'amour avec une autre adolescente métamorphe, surtout après une course sous la lune. Le sujet n'était ni gênant ni très important pour aucun d'entre nous.

— Un puma avait dû nous suivre à la trace, expliqua Tyler. Nous étions... distraits, et je n'ai pas senti son odeur assez tôt. Lorsque je l'ai senti, il était trop tard. Il était déjà sur nous. Il a attaqué. Je l'ai combattu, mais j'ai pris ma forme de loup.

Les yeux de Rob s'écarquillèrent, mais il resta silencieux. Son regard se porta sur moi.

Je hochai la tête. Il ne cherchait pas à obtenir une

confirmation de ma part ; personne n'aurait menti à son alpha. Je confirmai silencieusement ce que Tyler n'avait pas dit. Pas encore.

— Alors elle sait ? Cette Riley Abbott ? demanda-t-il.

J'avais déjà vu Rob s'énerver, mais il le faisait rarement. Tout comme moi, nous étions connus pour notre calme dans les situations délicates. Je ne dirigeais pas une meute, mais je tenais le seul bar de Cooper Valley, et je gérais des métamorphes et des humains qui faisaient la fête, buvaient et se défoulaient.

— C'est la fille de Kyle Abbott, ajoutai-je. C'est un des shérifs adjoints de Levi.

Avoir un métamorphe comme shérif du comté, ça pouvait être pratique à l'occasion.

— Je vois, dit Rob, qui avait fait le rapprochement.

Tyler acquiesça.

— Oui. Elle m'a vu. Elle m'a regardé me battre et tuer le puma.

— Tu as dit que tu étais *distrait.* Je présume donc que c'est ta compagne ? demanda Rob.

Je n'avais pas posé cette question à Tyler. J'avais été trop concentré sur le fait qu'une fille qu'il avait connue au lycée savait maintenant que mon fils était un métamorphe. Bon sang, avait-il trouvé sa compagne ? Il avait beaucoup de chance si c'était le cas à son âge. J'avais quarante ans et je n'avais pas encore rencontré la mienne. La mère de Tyler était une femme qui avait participé à une course sous le clair de lune avec moi alors que nous étions à peine plus âgés que Tyler aujourd'hui. Clara n'était pas ma compagne.

En fait, elle n'avait rencontré son compagnon que quelques années plus tard.

Les mots de Tyler me firent oublier ces pensées.

— En fait, j'ai été distrait parce qu'elle n'est définitivement *pas* ma compagne.

Rob fronça les sourcils. Je fronçai aussi les sourcils.

— Qu'est-ce que cela signifie ? demandai-je.

— Elle était attirée par moi, dit Tyler en alternant les regards entre nous deux. Je ne suis pas un dragueur ou un truc du genre, mais je sais reconnaître quand une fille s'intéresse à moi. C'était le cas. Les signes étaient là. Puis on s'est embrassés.

— Alors tu es allé vers elle, même si tu savais qu'elle n'était pas ta compagne ? Tu as laissé ta bite penser à sa place ? demanda Rob.

Je savais ce que c'était que de laisser ma bite réfléchir à ma place. Généralement, si je voulais du sexe, je choisissais une louve. Est-ce que je pouvais choisir une humaine ? Oui, et je l'avais fait, surtout parce que c'était facile quand on était propriétaire d'un bar. Toutes les femmes pensaient que le barman était sexy quand elles avaient bu quelques verres. Je ne profitais pas des femmes qui avaient bu, mais les rencontres étaient inévitables. Alors, je ne pouvais pas être trop dur avec Tyler.

— Tu le sauras quand tu l'auras trouvé, dit Rob avec autorité, non seulement en tant qu'alpha mais aussi en tant que métamorphe qui avait trouvé sa compagne.

Je ne pouvais pas être d'accord parce que je ne savais pas ce que c'était.

— Alors, tu cherchais à t'amuser un peu et tu l'aurais fait si un puma n'avait pas tout gâché ? demandai-je.

Tyler passa une main sur sa nuque et une brindille tomba sur la moquette. Il baissa les yeux.

— Eh bien, non. Parce que c'était pas terrible. Le baiser, je veux dire.

— Tu veux dire qu'elle embrasse mal ?

Un petit sourire se dessina sur le visage de Rob. Tyler secoua la tête, puis fronça les sourcils.

— Non. Ce n'était juste pas agréable. Je ne ressentais rien. J'avais même l'impression que c'était un peu bizarre. Comme si j'avais embrassé ma sœur, si j'en avais une.

Le sourire de Rob se transforma en grimace.

— Qu'est-ce qu'elle en a pensé ?

— Oh, elle a aussi trouvé le baiser bizarre, mais elle n'a pas eu le temps d'y réfléchir parce que... dit-il en faisant un cercle avec son doigt dans l'air. À cause du puma. Puis je me suis transformé en loup. Ça, elle a *vraiment* trouvé ça très bizarre.

— Où est-elle maintenant ? demanda Rob.

— Elle s'est enfuie.

— Elle s'est *enfuie* ?

— Oui. Quand j'ai été assez guéri pour bouger, j'ai parcouru le sentier jusqu'à la pointe, mais je n'ai trouvé aucun signe de son passage. C'était probablement une bonne chose, parce que j'étais presque nu. Même moi, je sais qu'aucune femme, humaine ou métamorphe, ne veut être traquée par un homme nu.

— Où est-elle maintenant ? répéta Rob.

Tyler haussa les épaules puis grimaça.

— Je comprends ce que tu demandes. Je ne l'aurais pas laissée seule, ajouta-t-il en posant son regard sur moi.

— Papa m'aurait botté le cul pire que le puma si je l'avais abandonnée.

Je hochai la tête parce que je lui aurais botté le cul s'il n'avait pas traité une femme correctement. Qu'un baiser soit agréable ou non, il devait s'assurer qu'elle était bien rentrée chez elle avant de passer à autre chose.

— Mais elle est *partie,* poursuivit Tyler. Sa voiture n'était plus sur le parking où nous nous étions rencontrés. Comme je l'ai dit, ce n'était pas comme si j'avais été en mesure de lui courir après avec mes couilles à l'air.

— Il m'a appelé, et je l'ai retrouvé à la maison pour qu'il prenne des vêtements, puis nous sommes venus directement ici, dis-je à Rob.

Rob résuma la situation en une seule phrase.

— On a donc une *humaine* non accouplée qui sait que tu es un métamorphe. Quelque part à Cooper Valley. Et elle est effrayée et n'est absolument pas ta compagne.

— Oui.

— La loi de la meute nous oblige à la tuer, dit Rob d'un ton ferme.

Qu'est-ce que...

Tyler se leva, chancela un peu, mais tint bon.

— Quoi ? Pas question ! Je la protégeais. Ce n'est pas comme si j'avais pu empêcher mon loup de faire tout ce qu'il pouvait pour la protéger. Elle ne mérite pas de *mourir* à cause de ça !

— Ne lève pas la voix en t'adressant à ton alpha, l'avertis-je, même si j'étais d'accord avec lui.

Rob leva la main.

— Non, pas de problème, dit-il à mon intention. Puis son regard se porta sur mon fils et la commissure de ses lèvres se releva. Je suis fier de toi, Tyler. Tu as fait ce qu'il fallait. Elle est saine et sauve, et c'est tout ce qui compte. Mais ton père a raison. Nous avons un problème. Surtout si elle a déjà raconté à son père ce qui s'est passé.

— Vous n'allez pas la tuer ? Tyler gémissait presque.

Rob secoua la tête.

— Non. Je voulais voir ce que tu dirais. J'ai besoin de savoir que ma meute est composée de mâles dignes et protecteurs.

Tyler gonfla la poitrine.

— Mais nous devons effacer le souvenir qu'elle a du loup dès que possible, continua-t-il. Elle l'a peut-être déjà dit à quelqu'un.

Tyler soupira, soulagé que Rob n'ait pas sérieusement envisagé de la tuer.

— Il faut l'emmener à Marion.

Marion. Merde. Marion n'était pas de notre espèce, mais le Conseil des métamorphes faisait appel à ses talents à l'occasion pour régler des problèmes avec les humains. Elle avait la capacité effrayante d'effacer certains souvenirs de ses victimes ou même d'en implanter de nouveaux dans leur cerveau. C'était une forme amplifiée de suggestion hypnotique. Et elle demandait un sacré pactole pour ce tour de passe-passe.

De plus, elle vivait à Missoula et ne faisait pas de visites à domicile. Nous devions lui amener Riley.

Putain, ça devenait compliqué.

La suppression des souvenirs pouvait également se révéler dangereuse. Mais Riley Abbott était jeune, et il n'y avait qu'un bref incident à remplacer. Avec un peu de chance, elle n'aurait rien de plus qu'un mal de tête. Il fallait qu'elle croie que son rendez-vous avec Tyler s'était déroulé sans incident, à part un baiser pas terrible.

Rob avait raison ; chaque seconde qui s'écoulait augmentait le risque qu'elle dise à quelqu'un ce qu'elle avait vu. Bien sûr, si Marion pouvait reprogrammer sa mémoire de façon à ce que ses souvenirs deviennent plus plausibles pour une humaine, Riley pourrait ainsi expliquer qu'elle avait été perturbée par ce qui s'était passé avec Tyler. Peut-être même effacerait-elle la partie concernant le puma, qui aurait pu être traumatisante en soi.

— Je vais l'emmener, dit Tyler.

Rob secoua la tête. Son regard alpha se porta sur moi.

— Elle ne s'approchera probablement pas de toi. Tu vas l'emmener, Cody.

Je ne pouvais pas désobéir à un ordre de mon alpha, alors je hochai la tête. Je devrais demander à l'un de mes employés d'ouvrir le bar ce soir, mais cela pouvait s'arranger. Il n'y avait pas d'autre choix. Rob avait fait le tour du bureau, ouvert un tiroir et en avait sorti... merde. Il avait sorti une seringue et la remplit, puis la reboucha et me la tendit.

— C'est un tranquillisant pour chevaux faiblement dosé. Ça ne l'assommera pas plus d'une heure, mais ça te permettra de l'amener chez Marion sans lui donner d'autres souvenirs à effacer.

— D'accord, Alpha.

— En route.

2

RILEY

TYLER M'AVAIT APPELÉ cinq fois depuis que je m'étais enfuie, loin de lui, non, d'un *loup géant,* pour sortir du canyon. Je n'avais pas su que j'étais capable de courir sur un kilomètre en côte sans mourir.

Je refusai à nouveau son appel et composai le numéro de ma meilleure amie, Lila, les doigts tremblants.

Elle était sortie avec Tyler pendant trois ans. Savait-elle que c'était un monstre ?

— Merde, marmonnai-je lorsque son téléphone passa directement sur messagerie vocale.

Mon Dieu, et si... peut-être qu'*il l'avait mordue et transformée en loup-garou, elle aussi ?* Et si ma meilleure amie était aussi un monstre ? Oh mon Dieu ! Mon cerveau partit en vrille.

J'étais en train de partir en vrille.

Tout cela n'avait aucun sens.

Mon cœur battait la chamade pendant que je réfléchissais à ce qu'il fallait faire. Je repensais à la scène du canyon encore et encore, mais je n'arrivais toujours pas à trouver un sens à tout cela. Ok, pour résumer, j'avais embrassé Tyler, et ça n'avait pas été terrible. Ensuite, il avait reniflé l'air comme *un loup,* et juste après, le puma était apparu. Il avait été sur le point de perdre le combat contre la bête, mais la seconde d'après, il s'était transformé en loup géant avec des mâchoires capables de briser les os. *Il avait tué un puma avec ses dents.*

Bon, donc Tyler était un loup.

Un loup-garou. Soit ça, soit il avait mis des champignons dans les sandwichs que nous avions mangés pour le déjeuner, et j'étais en train d'halluciner.

Il fallait que j'appelle mon père. Comme il travaillait pour le bureau du shérif, il saurait réagir à mon urgence. Mais non. Non. Quelque chose me retenait.

Mon père était très protecteur. Après m'avoir emmenée aux urgences pour un test de dépistage de drogues (parce qu'il serait convaincu que Tyler m'avait droguée pour profiter de moi ou un truc ridicule dans ce genre) il jetterait probablement Tyler en prison sans lui poser de questions au préalable. Et Tyler ne m'avait pas fait de mal. Au contraire. Il m'avait protégée. Il m'avait poussé derrière lui pour repousser un puma.

Un puma.

C'était un héros, pas un monstre.

Un héros ayant la forme d'un monstre.

Peut-être que je devrais prendre son appel et écouter ce qu'il avait à dire. Je faisais les cent pas dans la petite maison de ma grand-mère, reconnaissante d'avoir au moins mon propre espace pour réfléchir à tout ça.

Après le départ de ma grand-mère en maison de retraite au début de l'été, j'avais emménagé chez elle. Mon père avait eu l'intention de vendre la maison pour l'aider à financer la maison de retraite, mais elle avait insisté sur le fait qu'elle ne faisait que « tester » les lieux et qu'elle avait besoin de moi pour garder la maison accueillante au cas où elle reviendrait. Je me doutais qu'elle voulait me rendre ma liberté, car l'université que je fréquentais n'avait pas de logement sur le campus, et mon père voulait que je reste à la maison.

Oui, il était hyper-protecteur. Depuis que maman nous avait quittés, il en faisait un peu trop. Ce qui signifiait que ça avait été comme ça pendant la majorité de ma vie.

Je cessai de faire les cent pas et fixai mon téléphone, mon pouce survolant le nom de Tyler. Devrais-je l'appeler ? Mon cœur battait encore anormalement vite. Je respirais par à-coups.

J'avais peut-être besoin d'une douche. C'était toujours sous la douche que je réfléchissais le mieux. De plus, cette randonnée et cette course m'avaient couverte de poussière et de sueur. Je me dirigeai vers la salle de bains, ouvris le robinet et me débarrassai de mes vêtements poussiéreux.

J'entrai dans la douche et laissai l'eau couler en cascade sur ma tête.

Oui.

C'était ce dont j'avais besoin. Mes pensées ne s'éclaircissaient pas, mais au moins le jet chaud me faisait du bien. Mes muscles commencèrent à se détendre.

Il fallait que je rappelle Tyler. Oui, ça semblait logique. C'était logique. Après m'être fait un shampoing, mis de l'après-shampoing, rasée, et tout ce à quoi je pouvais penser pour retarder les choses et entendre la vérité, je fermai le robinet de la douche et attrapai une serviette pour me sécher.

— Riley ?

La voix grave d'un homme m'appelait depuis le salon. Mon pouls s'accéléra à nouveau à une vitesse épique. Je n'allais pas réussir à me calmer. Satanées petites villes où les gens rentraient chez vous sans attendre qu'on leur ouvre. Papa allait me tuer d'avoir oublié de fermer la mienne à clé.

— Qui est-ce ? lançai-je en attrapant mon peignoir court en satin rose et en glissant mes bras mouillés dans les manches. Je poussai la porte et poussai un cri parce que le propriétaire de la voix (qui mesurait un mètre quatre-vingt-dix) se tenait juste à l'extérieur.

— Oh !

Je le reconnaissais, mais mon cerveau était tellement embrouillé par l'incident du puma que j'étais encore en train de faire le rapprochement. M. McIntire, le magnifique propriétaire de Cody's Saloon, était dans mon couloir, mais je n'arrivais pas à comprendre pourquoi. Cooper Valley était une petite ville, donc je le connaissais, c'était un dragueur notoire, qui flirtait avec toutes les femmes, mais j'ignorais qu'il me connaissait.

— Je suis désolée de t'avoir fait peur, ma belle. J'ai frappé et tu n'as pas répondu. J'étais inquiet. Maintenant, je sais pourquoi tu ne répondais pas.

M. McIntire retira son chapeau de cow-boy et s'appuya contre le mur du couloir, comme pour me laisser de la place. Il plissa les yeux et m'adressa un sourire en coin. Oh, waouh. Avec ses cheveux noirs et ses yeux bleus, cet homme donnait l'impression d'être un acteur hollywoodien. Sa barbe bien taillée lui donnait un air de cow-boy sauvage, accentuant sa mâchoire carrée et son menton à fossettes.

L'expression de son visage semblait dire qu'il était désolé, mais il n'avait pas vraiment de remords. Comme s'il était conscient qu'il n'aurait pas dû se trouver dans la maison de ma grand-mère, mais qu'il n'allait pas partir non plus.

La proximité de cette délicieuse démonstration de virilité déconcerta encore davantage mon cerveau déjà embrouillé.

Je sentais qu'il était attiré par moi. Même si son regard ne descendait pas en dessous de mes yeux, je savais qu'il avait remarqué que je me tenais devant lui, toute mouillée, nue sous un peignoir court que je n'avais même pas fini d'attacher.

Ses yeux brillants exprimaient qu'il appréciait ce qu'il voyait.

Ses yeux rayonnaient.

Je clignai des yeux. Quelle idiote ! C'était *M. McIntire. Le père de Tyler.*

Est-ce que c'était un loup lui aussi ?

J'inspirai profondément et resserrai la ceinture du peignoir.

— Hum, que faites-vous ici, M. McIntire ? demandai-je en maudissant le tremblement de ma voix.

Il se rapprocha et toucha l'une de mes épaules. Les muscles saillants de son avant-bras se contractèrent lorsqu'il tendit la main.

— Ne crains rien. Je ne vais pas te faire de mal.

Mon corps réagit à son contact, à sa présence. À son odeur masculine et à la vue des muscles saillants de son bras et de sa poitrine. Il portait une chemise à bouton-pression dont les poignets étaient retroussés jusqu'aux coudes, montrant ses avant-bras forts et bronzés. J'en avais l'eau à la bouche et d'autres parties de mon corps devenaient humides également.

Puis mon cerveau (qui avait encore fonctionné à un rythme trop lent) rattrapa le temps perdu. M. McIntire était ici à cause de ce que j'avais vu plus tôt. C'était bizarre qu'il soit venu plutôt que Tyler. Allait-il me mordre ? Me transformer en l'un des leurs ?

— Je... Je pense que vous devriez partir.

J'échappai à son emprise et le dépassai en courant vers le salon. Mamie gardait un fusil de chasse chargé derrière la porte d'entrée.

Il ne me poursuivit pas. J'entendis le pas régulier de ses bottes de cow-boy alors qu'il m'appelait :

— J'ai entendu parler de ce qui s'est passé dans le canyon. Tyler a dit que tu ne répondais pas à ses appels, alors nous étions inquiets. Je voulais m'assurer que tu étais bien rentrée.

Je saisis le fusil de chasse et levai le canon en tournant sur moi-même.

— Oui, je suis rentrée.

Trop tard.

M. McIntire était juste là et saisit le canon. Il tira d'un coup sec, je perdis ma prise et le fusil m'échappa des mains. Il le jeta sur le canapé derrière lui et bloqua ma nuque avec sa paume.

Mes yeux s'écarquillèrent lorsque j'essayai de bouger, je me retrouvai effectivement immobilisée.

Il avait une force surhumaine ! Le doute que j'avais eu était maintenant confirmé : M. McIntire était bien un loup, lui aussi.

Il se pencha vers moi comme s'il allait m'embrasser.

— Je suis vraiment désolé pour ça, ma belle, murmura-t-il.

De *quoi* parlait-il ? Des sonneries d'alarme retentirent dans ma tête, mais il était déjà trop tard. Quelque chose de pointu me piqua le cou.

Une aiguille ? Oh, putain.

— Je ne voulais surtout pas aggraver ton état de choc mais je te promets que demain, ce sera comme si rien ne s'était passé.

J'entendis à peine sa voix rauque avant de perdre conscience.

3

CODY

JE PRIS dans mes bras une Riley toute molle. Son peignoir s'était ouvert, révélant un mamelon charnu.

Je restai un instant sans pouvoir bouger. Tout ce que je pouvais faire, c'était fixer cette jolie fille. Non, cette femme. Son aréole d'un rose sombre. Son mamelon pointait, comme si, malgré sa peur de moi, elle avait été excitée.

Mon dieu, je l'étais également. Au moment où elle avait ouvert la porte de la salle de bains, vêtue d'un peignoir qui collait à sa peau humide... Ce n'était pas correct, vraiment pas correct. Elle était assez jeune pour être ma fille. Elle était *sortie avec mon fils*, pour l'amour de Dieu ! Merde. Si elle était allée à l'école avec Tyler, elle avait aussi dix-neuf ans...

Je ne pouvais pas m'empêcher de la contempler. Elle

était encore toute mouillée après sa douche, sa peau était encore un peu rouge. Des gouttes d'eau coulaient de ses cheveux auburn jusqu'au creux de sa gorge. Elle avait de grands yeux de biche marron. Des lèvres pulpeuses qui donnaient envie qu'on les embrasse. Bien sûr, je l'avais surprise en entrant chez elle à l'improviste, j'avais maintenant le besoin primaire de lui donner une fessée parce qu'elle avait laissé la porte d'entrée déverrouillée et qu'elle était sortie de sa salle de bains comme elle l'avait fait, pour se retrouver face à un étranger. Nue. Désirable.

Les humaines ne m'attiraient pas vraiment en temps normal, mais avec celle-ci, c'était différent. Je ne pouvais pas croire que Tyler avait dit que son baiser n'avait pas été terrible. Cela n'avait aucun sens. Si je mettais ma bouche sur la sienne, ce serait puissant. Ma bite était dure rien que d'y penser. Et ce mamelon. Putain de merde.

Ces pensées stupides me traversaient l'esprit depuis qu'elle était sortie en peignoir. J'avais apporté le tranquillisant et j'avais prévu de lui faire une petite piqûre avant qu'elle ne se rende compte de quoi que ce soit. Au lieu de cela, je restais là à la regarder.

Comme j'étais toujours en train de le faire maintenant.

— Qu'est-ce que je vais faire de toi, Riley Abbott ? murmurai-je en serrant son corps inerte contre ma poitrine. Bon sang, comme si j'avais le choix.

Je n'avais pas le choix.

Mon alpha m'avait ordonné d'amener cette humaine à Missoula pour qu'on lui enlève l'attaque du puma du cerveau. Je n'étais pas là pour sortir avec elle.

De toute façon, elle ne sortirait pas avec un type aussi vieux que son père.

En parlant de son père... je ne pouvais pas ignorer le fait que j'étais en train de kidnapper la fille d'un shérif adjoint. Si cette histoire n'avait pas eu une importance cruciale pour la meute, j'aurais dit que c'était stupide. Mais il fallait que ce soit fait et il fallait que je fasse ça bien.

Je jetai un coup d'œil au fusil posé sur le canapé. Ce serait plus facile si je faisais passer Riley sur mon épaule pour libérer mes mains, mais quelque chose m'en empêchait. Je me baissai pour ramasser le fusil, j'essayai de le tenir en même temps que la jolie Riley jusqu'à ce que je le replace derrière la porte.

Félicitations à la jeune femme d'avoir eu ce fusil et d'avoir couru pour le saisir. Mais ce n'avait pas été très sage de l'avoir fait en peignoir, sans rien d'autre, avec la porte déverrouillée. Ne savait-elle pas que j'avais un instinct de chasseur ?

Je me dirigeai vers sa chambre, la déposai sur le lit et regardai autour de moi.

C'était la maison de la grand-mère de Riley. Opal Abbott était une figure emblématique de Cooper Valley depuis bien avant ma naissance. La chambre était un curieux mélange de modernité et de choses plus anciennes. Les meubles étaient anciens. La plupart des œuvres d'art semblaient appartenir à la vieille dame, mais Riley avait posé des photos de ses amis et d'elle sur la commode.

J'en choisis une où l'on voyait les gamins dans leurs robes de fin d'études. Dans le groupe, il y avait Tyler qui trônait à côté de son ex-copine, Lila. Riley était à côté d'elle.

Je ne l'avais jamais remarqué auparavant, mais aujourd'hui, soudain, elle me captivait. Tout ça à cause d'un téton charnu.

Quand Riley gémit dans son sommeil artificiel, je me ressaisis. Il fallait que je me mette au travail. Me forçant à me remettre en mouvement, je posai la photo et ouvris les tiroirs de la commode d'un coup sec.

— Putain, marmonnai-je en trouvant ses petites culottes, un amas de dentelle et de soie colorées.

En refermant ce tiroir, j'en ouvris d'autres jusqu'à ce que je trouve un pantalon de yoga et un t-shirt court pour l'habiller.

Je me retournai pour regarder la belle jeune-fille allongée sur le lit, avec son peignoir remontant le long de ses cuisses toniques. Encore quelques centimètres et je verrai le paradis.

Elle a l'âge de ton fils, me rappelai-je. Ton fils.

Ce n'était pas une femme que je pouvais baiser, peu importe ce que mon esprit et ma bite me disaient.

Mais quelque chose se mit à vibrer au plus profond de moi. Mon loup murmurait : Pas pour baiser. *Garder.*

Je clignai des yeux. GARDER ? Putain, quoi ?

Je n'avais pas le temps pour ça. Pour ce que mon loup essayait soudain de me dire.

L'heure tournait, et je devais emmener cette fille à Missoula et la ramener chez elle avant que son père ou quiconque ne se rende compte que je l'avais enlevée. Refoulant mon désir avec une volonté de fer, je serrai les dents et glissai ses jambes dans le pantalon de yoga. Je le remontai et passai une paume sous ses fesses pour soulever ses hanches. Ce faisant... oh putain.

Oh, rappel de mon destin.

Quand je me rapprochai d'elle et que je sentis son odeur exquise (oui, l'odeur qui émanait de l'excitation de son corps, pour moi) mon loup rugit en surface. Je secouai la tête.

— Non. Non, *non,* marmonnai-je en reculant et en trébuchant pratiquement sur une pantoufle.

Tout ce que je pouvais faire, c'était regarder Riley sur le lit, vêtue seulement de son legging et de son peignoir. Le peignoir était complètement ouvert maintenant, dévoilant ses seins plus que généreux. Ses deux mamelons pointaient, implorant ma langue. Me suppliant que je m'occupe d'eux.

J'en mourrais d'envie. Pas le moindre doute à ce sujet. Ma bouche avait envie de les dévorer et de descendre plus bas.

Mais non. *Non, non, non, non.* Ce n'était pas possible.

Je passai une main sur ma nuque et commençai à arpenter la petite chambre, trébuchant à nouveau sur la pantoufle. Pourquoi est-ce que je me sentais comme ça ? Il fallait que je...

Sans plus réfléchir, je me jetai sur elle, à califourchon au-dessus de sa taille. Le lit grinça sous l'effet de mon poids. Ignorant la pression de ma bite sur ma braguette, je me penchai en avant et enfonçai mon visage dans son cou pour aspirer son parfum dans mes narines.

Putain de merde. C'était divin. Mieux qu'un scotch de

200 ans d'âge avec des glaçons. Plus décadent que la meilleure ambroisie. Il y avait des notes de fleurs sauvages estivales et de soleil. Elle sentait comme...

Ma compagne.

Cette pensée indésirable avait été émise par mon loup.

Je la regardai fixement. Elle était endormie. Non, elle ne dormait pas, elle était inconsciente parce que je l'avais droguée. Elle était belle. Avec des taches de rousseur sur le nez. Des lèvres pulpeuses. Tout en elle était parfait.

Oh, non. La situation était franchement catastrophique. J'avais un énorme problème.

Mais j'étais sûr. Rob avait dit que l'on reconnaîtrait l'odeur quand on la sentirait. Il avait eu raison.

Riley Abbott était ma compagne !

Puuuutain ! Je sautai hors du lit et tournai en rond. Je m'enfonçai les doigts dans les cheveux. Je ne savais pas où j'avais laissé tomber mon chapeau de cow-boy (probablement quelque part dans le salon) quand il avait fallu que j'arrache le fusil de ses mains, merde, des mains de ma compagne.

Qu'est-ce que j'allais faire ? Non seulement ma bite bandait pour cette fille... non, cette femme... cette *jeune fille*, mais en plus mon loup disait qu'elle était notre compagne ! J'étais entré chez elle par effraction (enfin, techniquement, la porte avait été ouverte, mais j'étais entré sans y être invité) et j'avais fait *une injection de tranquillisants* à ma future compagne. J'étais censé lui faire changer ses souvenirs, pas la séduire.

Pas *m'accoupler* avec elle !

Cette fille avait la moitié de mon âge ! Elle était intéressée par mon fils. Elle ne sortirait jamais avec un gars aussi vieux que son père. Même si elle acceptait de le faire (parce que je ne pouvais pas nier l'électricité entre nous) son père utiliserait probablement son revolver officiel pour essayer de me tuer. Ce qui n'était pas une bonne idée, car s'il me tirait dessus, je ne mourrais pas. Il y aurait alors encore plus d'explications à donner.

Elle allait bientôt se réveiller, et comment allais-je lui expliquer tout ça ? Comment gagner sa confiance alors que je l'avais littéralement droguée et que j'avais eu l'intention de la kidnapper pour lui faire oublier qu'il y avait des métamorphes dans la ville ?

Je soupirai, posai les mains sur mes hanches et la fixai. Je fixai ma compagne.

Peut-être que je devrais quand même l'emmener à Missoula pour au moins effacer les souvenirs de la rencontre avec un loup et notre rencontre foireuse. Je repartirais ainsi sur de nouvelles bases. J'aurais alors le temps de planifier une meilleure approche avec elle.

Alors même que cette idée me traversait l'esprit, mon loup poussa un grognement de rage. Pas question de laisser Marion s'approcher de ma compagne. Jamais de la vie.

Bien sûr que non. Je ne soumettrais jamais ma compagne à un danger potentiel. Et effacer ses souvenirs, cela revenait à lui faire du mal, et plus encore.

Je devais résoudre ce problème d'une autre manière.

Putain. Putain. Putain. Je continuai à faire les cent pas, pour réfléchir à la question. Je me battais avec moi-même, avec mon loup et avec mon alpha.

Même en mettant de côté le gros problème de désobéir à mon alpha et de la laisser garder ses souvenirs concernant le fait que Tyler était un loup, elle irait sûrement chercher un fusil à nouveau dès qu'elle se réveillerait.

Il fallait que je la sorte d'ici. Que je l'emmène dans un endroit... isolé. Que je la garde pour moi. En sécurité. Putain, il fallait que je la retienne prisonnière jusqu'à ce que je lui fasse comprendre qu'elle était à moi.

Bon sang, ça semblait incorrect. Mais c'était ce que je devais faire car j'étais un loup métamorphe. Mon loup grogna à cette idée. Riley Abbott était à MOI. Pas l'ombre d'un doute.

Maintenant que je savais que c'était ma compagne, maintenant que j'avais senti son odeur, je ne pouvais pas continuer à vivre sans marquer Riley Abbott. Je devais la revendiquer. Impossible de nier mon destin.

Une fois que je l'aurais totalement revendiquée, je pourrais passer à l'étape suivante.

Je pris Riley dans mes bras, savourant cette sensation et son odeur. Je plongeai mon nez dans ses cheveux mouillés.

— Désolé, ma belle. Le destin a pris la décision pour nous deux. Tu m'appartiens maintenant.

4

———

RILEY

JE SOURIS, frottai mon visage contre l'oreiller moelleux, me sentant reposée et heureuse. Je roulai sur le dos, m'étirai, et levai les bras au-dessus de ma tête. Mes mains se heurtèrent à la tête de lit.

Je me figeai, car ce n'était pas la tête de lit en laiton de ma grand-mère.

Je me redressai et clignai des yeux. Oh mon Dieu, ce n'était pas la maison de ma grand-mère. Ce n'était pas la maison de mon père. Je ne reconnaissais pas la chambre. Où étais-je et pourquoi est-ce que j'avais dormi ici ? Je me sentais comme Boucle d'or et je me demandais si un gros ours n'allait pas venir récupérer son lit.

— Tu es réveillée.

Surprise, je sursautais. Apercevant un homme de

34

grande taille dans l'embrasure de la porte, je reculai contre la tête de lit, très solide, en bois massif. Ce n'était pas un ours. C'était... *putain de merde !* C'était...

— M. McIntire, dis-je en soufflant.

Je me redressai rapidement.

Tout me revint en un clin d'œil, comme un bouton d'avance rapide dans un film. Tyler. Le loup. La douche. L'arrivée de son père chez moi. La piqure. Puis plus rien. Puis... ici.

Le père de Tyler fit une grimace et passa une main sur sa nuque.

— Cody, juste Cody.

Sa voix grave était comme le raclement d'un chasse-neige sur une route verglacée, et elle me fit frissonner.

— Très bien. Qu'est-ce qui se passe ? répondis-je d'un ton sec en jetant mes jambes sur le côté du lit.

J'avais été kidnappée. Il fallait que je sorte d'ici. Cody. Il leva les mains dans un geste qui se voulait rassurant. Je me disais que c'était parce qu'il était sexy que j'avais envie de lui faire confiance, en dépit de mon bon sens.

— Tu vas rester ici avec moi pendant quelque temps. Je dois t'expliquer certaines choses.

Je fronçai les sourcils, une sonnette d'alarme venait de se déclencher dans ma tête.

— Euh... pourquoi ? Et où est-ce qu'on est ?

J'étais dans une cabane en rondins, avec des murs et des plafonds en bois, un plancher en bois. Les meubles étaient également en pin. À travers la fenêtre de la chambre, de simples rideaux blancs encadraient les fenêtres. Je pouvais voir que le soleil était encore haut, et que je n'avais donc pas dormi plus d'une heure ou deux. Je pouvais aussi voir que la vue se composait d'arbres et encore plus d'arbres et que nous n'étions pas en ville.

Il se rapprocha du côté le plus proche du lit, et je me déplaçai dans la direction opposée. Je n'avais pas peur dans le sens où je ne pensais pas qu'il allait me faire du mal, mais j'avais peur parce que je ne savais pas *pourquoi* j'étais ici et *pourquoi* il m'attirait plus qu'il ne m'effrayait. Peut-être que la piqure m'avait perturbée. Sauf que j'avais également été subjuguée par lui lorsque je l'avais trouvé dans la maison de ma grand-mère.

J'aurais vraiment dû être en train de flipper. D'accord, je flippais. Un peu.

M. McIntire... Cody... était grand. Large d'épaules. Brun. Séduisant. Canon. Sexy. Il plongea les yeux dans les miens et je me sentis mise à nu, comme si mes vêtements étaient faits d'un tissu fin et non de coton. Lorsque son regard se baissa pour embrasser chaque centimètre carré de mon corps, mes tétons se mirent à pointer. Les traîtres !

Il m'avait droguée. Enlevée. Il avait vu mon corps, apparemment, parce que j'avais été en peignoir avant, et maintenant j'étais habillée. Il m'avait mise au lit. Mon Dieu, dans son lit.

C'était le père de Tyler. Son PÈRE. Et plus nous nous regardions en silence, plus il m'attirait. Cette barbe taillée de près me faisait de l'effet. Tout comme ses yeux d'un bleu intense. Son corps robuste. Son... Oh, mon Dieu... était-ce le syndrome de Stockholm ? Des problèmes non résolus avec l'image du père ?

— C'est ma cabane, ma belle, dit-il.

Il vivait en ville. J'étais déjà allée chez lui à cause de Tyler, donc ce devait être une espèce de refuge ? Un endroit pour s'évader dans les montagnes ? Un repaire pour cacher les femmes qu'il kidnappait ?

—Tu es ici parce que...

Il s'arrêta et se frotta la nuque. Il ne pouvait s'empêcher de me fixer. D'un regard *pénétrant*.

— Eh bien, tu es à moi.

Je clignai des yeux. Puis clignai à nouveau.

— Hum... quoi ?

J'étais à lui ? D'accord, maintenant je flippais.

— Ce que tu as vu avec Tyler était réel, poursuivit-il. Il se tenait debout, les pieds écartés, les jambes fléchies. Mais il dégageait quelque chose d'autoritaire. De puissant. Mon Dieu, quelle drogue m'avait-il donné parce que j'avais l'impression que je bavais presque en voyant à quel point il était... *viril*.

— Le loup, dis-je en déglutissant difficilement.

Il acquiesça.

— Tyler est un loup-garou, précisai-je.

Il secoua la tête.

— Pas un loup-garou. Ce n'est pas une maladie que l'on peut transmettre à quelqu'un– c'est une espèce différente. Tyler est un métamorphe.

— Ça veut dire que...

Je le regardai de la tête aux pieds. Je regardai la façon

dont son jean moulait son corps, d'une manière qui n'aurait pas dû être permise par la loi. Et sa chemise à bouton-pression qui ne demandait qu'à être ouverte. Ses avant-bras étaient dignes d'un film porno. Ses cheveux un peu longs et bouclés, sans oublier sa barbe. Je voulais la toucher, sentir sa douceur. La sentir... partout. J'étais dingue de cette barbe.

Était-ce parce que les gars de mon âge ne pouvaient même pas se laisser pousser une moustache ?

— Je suis aussi un métamorphe, admit-il.

Peut-être que je m'étais cognée la tête lors de la randonnée avec Tyler. Peut-être que je délirais. Je voyais des choses. J'entendais des choses. Peut-être que je n'étais même pas réveillée. Peut-être que c'était un rêve induit par la drogue. Par l'intermédiaire de Tyler, je connaissais Cody (même de manière indirecte) depuis plusieurs années. Nous n'avions jamais vraiment parlé auparavant parce que c'était le *père* d'un copain. Un copain que j'avais embrassé un peu plus tôt dans la journée sans trouver cela très satisfaisant.

Pour une raison inconnue, les sentiments que j'aurais dû éprouver pour Tyler, je les ressentais maintenant pour Cody. Une attirance. Un intérêt certain. Du désir. Un besoin d'être embrassée et pas seulement sur la bouche. Pourquoi ? Je n'en avais aucune idée parce que *c'était le père de Tyler !*

Tyler n'avait jamais rien dit de mal sur lui, ne l'avait jamais accusé d'être un papa poule étouffant. Contrairement au mien. Du fait de son statut de shérif adjoint, papa était totalement obsédé par le contrôle dans tous les aspects de sa vie, surtout lorsqu'il s'agissait de moi et de *ma* vie. Cody était... cool. Il l'avait toujours été.

Sauf que je n'avais pas su qu'il était depuis toujours un métamorphe et je ne l'avais pas trouvé CANON.

Cela signifiait qu'il allait se transformer en loup. Il allait se battre contre un puma. Mais il n'y avait pas de pumas ici, *où que ce soit*. Il n'y avait que moi. Allait-il me mettre en pièces ? M'arracher la gorge ? Me griffer ?

Non, non, bon sang, non.

Après un coup d'œil vers la porte de la chambre, je bondis du lit et me précipitai dans cette direction. Il fallait que je me barre d'ici, loin de Cody. Loin de tous les McIntire. Juste... loin.

Papa m'avait toujours dit d'être vigilante quant à ma sécurité. De me promener en groupe, de tenir mes clés entre mes doigts. D'être sur mes gardes. D'être méfiante.

Et pourtant, j'avais laissé ma porte d'entrée déverrouillée, et un homme était entré, m'avait droguée, et m'avait kidnappée pour m'emmener dans une cabane dans les bois. C'était littéralement l'intrigue qu'on retrouvait dans toutes les séries policières à la télévision. Et comme si cela ne suffisait pas, en plus, il venait d'admettre qu'il était un loup métamorphe.

Si je n'avais pas vu Tyler en action tout à l'heure, je ne l'aurais pas cru. Je me serais moqué de Cody. Mais je l'avais vu. J'en avais trop vu. Cela signifiait que je ne devais pas rester dans les parages et faire quoi que ce soit avec le visage de Cody ou le reste de son corps.

La cabine était assez petite, heureusement. Je traversai la pièce principale et ouvris la porte d'entrée.

— Riley ! cria Cody, sa voix résonnant pratiquement sur les murs de bois.

J'entendis des pas lourds, ce qui signifiait que Cody me poursuivait. Je traversai le porche d'entrée en courant et descendis les trois marches qui menaient à un champ d'herbes et de fleurs sauvages. Je ne voyais pas d'autre maison. Un étroit chemin de terre constituait le seul guide que j'avais vers la civilisation. J'étais seule avec Cody, le métamorphe. Le loup. S'il ressemblait à son fils, il avait des crocs assez aiguisés pour arracher la gorge d'un puma. Assez de force pour briser le cou de l'animal.

Ce qui signifiait qu'il pouvait facilement me faire les deux.

— Putain, ma belle ! Arrête. *Merde.*

En voyant sa Jeep, je tournai les talons et courus vers le véhicule, priant pour que les clés soient à l'intérieur. Si ce n'était pas le cas, je pourrais verrouiller les portes et... je ne savais pas du tout ce que je ferais, mais ce serait une barrière de métal et de verre entre moi et une... personne-loup.

Je haletai et l'adrénaline qui circulait dans mes veines alimenta mon sprint. Sauf que je n'étais pas une grande coureuse. J'avais été cheerleader au lycée. Ce n'était pas un sport d'endurance. Je pouvais me plier et me retourner, mais ce n'était pas ce qui allait me sauver maintenant.

Avant que je n'atteigne la voiture, un bras s'enroula autour de moi. Je poussai un cri. Mes pieds quittèrent le sol et je fus ramenée contre le corps dur de Cody. Sa tête descendit jusqu'à mon cou et j'aurais juré qu'il était en train de me renifler.

— Non ! Ne m'arrache pas la gorge !

Je me débattais dans son étreinte, et rejetais la tête en arrière, frappant son visage.

— Putain ! marmonna Cody.

Son emprise ne faiblissait pas. Son bras enveloppait mon torse nu à l'endroit où mon tee-shirt remontait. Il avait peut-être mis des vêtements sur moi, mais pas de soutien-gorge.

— Ne te tortille pas. Ne te débats pas. Pour l'amour de Dieu, ne te mets pas à *courir*, grogna-t-il.

— Pourquoi ? m'écriai-je. Vous allez me manger ?

Il s'immobilisa complètement. Devint complètement rigide, et je sentis chaque centimètre de son corps. *Chaque* centimètre. Et il ne grogna pas avec des mots cette fois-ci. Il grogna littéralement.

— Si tu ne te tiens pas tranquille, je te jette dans l'herbe et je vais te bouffer la chatte. Je peux sentir à quel point tu es excitée en ce moment. Je sais que ta chatte est mouillée et prête à être léchée.

Ses mots, cochons, obscènes et sexy, me firent perdre mon sang-froid. Il voulait me dévorer la chatte ? *M. McIntire en personne ?* Nous respirions tous les deux fort et peut-être pour une autre raison qu'une course effrénée.

— Oui, ta chatte, répéta-t-il, comme s'il voulait s'assurer que j'avais bien compris. Le seul danger que tu coures avec moi, c'est de t'évanouir à cause des orgasmes que je peux te donner.

Je ne savais absolument pas quoi répondre à cela. Les hommes avec qui j'étais sortie ne parlaient jamais de cette façon. Bien sûr, j'en avais embrassé quelques-uns et j'avais eu conscience qu'ils avaient tous eu envie de sexe (quel mec n'était pas comme ça) mais ils ne s'étaient pas exprimés de manière aussi audacieuse. Si clairement.

— Un petit avertissement, continua-t-il, son bras me serrant un peu plus. Ne t'enfuis pas devant un loup. Mon loup *adore les* poursuites, et toi, ma belle, tu viens de lui en offrir une.

5

CODY

— Je ne m'enfuirai plus, dit Riley en me regardant, les yeux écarquillés.

Je me concentrai sur ma tâche : l'attacher à la tête de lit. Putain de merde. Elle était à moi. Il n'y avait plus de questions à se poser. Pas avec la façon dont elle s'était enfuie. Mon loup avait senti son désir de s'enfuir, mais aussi celui plus primitif d'être poursuivie et revendiquée. D'être mordue et baisée. Le fait qu'elle l'ait fait sans soutien-gorge, ses seins rebondissant sous le tee-shirt tout fin, avait rendu la chose encore plus puissante. Elle avait couru et taquiné mon loup pour qu'il la poursuive.

Je l'avais portée à l'intérieur de la maison (sur mon épaule, un bras sur ses cuisses) et avais attrapé une corde dans la salle de bain pour ensuite retourner dans la chambre à coucher.

Je l'avais déposée sur le lit, où mon loup avait pratiquement hurlé de satisfaction, et elle avait rebondi une fois avant que je ne commence à lui attacher un poignet. Il y avait beaucoup de mou ; elle pouvait bouger, même se tenir debout à côté du lit, mais elle n'allait pas s'enfuir à nouveau.

Elle était là où je voulais qu'elle soit.

— Je sais, dis-je une fois que j'eus calmé mon loup.

— Alors ne m'attache pas.

Je perçus une pointe de peur dans sa voix, et j'immobilisai mes mains en terminant le nœud. Je croisai son regard sombre. Auparavant, je l'avais connue comme étant une copine de Tyler. Je l'avais vue à l'école, en ville avec ses copines. Jamais d'aussi près. Je n'avais jamais pensé que la couleur de ses yeux ressemblait à celle du meilleur whisky. Ni que son pouls battait dans son cou, là où j'avais envie de le lécher. Que ses seins étaient d'une taille parfaite pour mes mains et qu'ils ne demandaient qu'à ce qu'on joue avec.

Elle était jeune. Je ne baisais pas avec les jeunes filles. Elle avait une vie devant elle que j'avais déjà vécue. Des rêves à concrétiser. Si je la faisais mienne, je lui enlèverais tout cela. Je l'enfermerais dans une vie avec un quadragénaire.

— Je n'ai pas bien agi avec toi, admis-je, les doigts toujours sur la corde.

— Vous croyez vraiment ça ? dit-elle d'un ton sec, les yeux sombres remplis de feu.

— Tyler m'a parlé de votre expérience au bord de la rivière, expliquai-je.

Elle ouvrit la bouche, mais aucun son n'en sortit.

— J'ai entendu parler du baiser...

Elle devint toute rouge et détourna le regard...

— Que vous l'avez tous les deux trouvé... médiocre... C'est bien vrai ?

Comme c'était une fille intelligente, elle ne fit qu'acquiescer.

— Mais tu étais attirée par lui... C'est parce que c'est mon fils et que tu es *ma* compagne...

Je parlais vite, car elle avait sans aucun doute un million de questions à poser.

Son regard se porta sur le mien et elle haussa les sourcils.

— Pardon ?

Je grimpai à côté d'elle sur le lit. J'avais envie de me mettre à califourchon sur sa taille, de la maintenir au sol et de m'expliquer avec un long baiser de revendication, mais j'avais déjà bien merdé sur ce coup-là.

Si je voulais qu'elle comprenne, il fallait que j'arrête de l'effrayer. L'un des moyens d'y parvenir était de la détacher, mais ce n'était pas ce que j'allais faire.

Je continuais donc à l'effrayer involontairement tout en essayant de lui expliquer.

— Chaque métamorphe a une compagne idéale,

commençai-je à expliquer. La femelle que la nature a jugée parfaite pour lui. Certains pensent que c'est le destin, pas la nature. C'est vrai que c'est plus qu'une compatibilité biologique, c'est une véritable connexion. Avec une seule personne, et ta compagne peut être n'importe où dans le monde, la plupart d'entre nous pensent qu'il est impossible de trouver la sienne, continuai-je en enfonçant mes doigts dans mes cheveux. C'était ce que je croyais. Surtout que je suis restée dans la même petite ville où j'ai grandi et où j'ai eu un enfant.

Le regard de Riley était rivé sur mon visage mais elle restait silencieuse.

Est-ce qu'elle mettait du mascara ou ses cils étaient-ils naturellement aussi longs et foncés ? Putain, j'étais en train de me déconcentrer. Il ne fallait surtout pas que je regarde sa bouche, sinon c'était foutu.

Je m'éclaircis la gorge.

— Mon, euh, ex-femme a trouvé son compagnon. Ce n'était pas moi, manifestement.

Je ne pus m'empêcher de regarder Riley se lécher les lèvres, quand sa petite langue rose sortit de sa bouche. Ma bite tressaillit. Les couilles me faisaient mal.

— Alors...

— Alors, je me suis présenté chez toi pour t'emmener à Missoula pour effacer de ton cerveau le souvenir de Tyler se transformant en loup pour combattre le puma, mais au moment où j'ai senti ton odeur chez toi, j'ai réalisé que tu étais à moi.

— Je suis censée vous appeler papa ou un truc du genre ? C'est un vice chez vous ?

Je fronçai les sourcils en entendant ce qu'elle suggérait.

— Quoi ? Non, tu ne m'appelleras pas papa. Ce n'est pas un vice de ma part. C'est toi mon vice.

Riley commença à secouer lentement la tête.

— Hum, non. Je ne t'appartiens pas.

Je changeai de position et me mis à califourchon sur ma compagne réticente. Elle était tellement plus petite que moi. Fragile, mais si audacieuse et téméraire. Je me demandais si elle savait à quel point elle était sauvage.

— Oui, tu es ma compagne, répétai-je. La seule femelle qui soit parfaite pour moi.

Elle gémit, mais son gémissement semblait plus provocateur qu'effrayé. On aurait dit une formule de drague, quelque chose qu'une femme aimerait entendre, mais ce n'était pas le cas. Même si elle était dans mon lit. Attachée au lit. Excitée et dégageant un doux parfum qui me donnait envie d'elle.

— Je vais t'embrasser, Riley Abbott, l'avertis-je, incapable de me contrôler une seconde de plus. Et tu vas me dire si ce n'est pas terrible, comme quand tu as embrassé Tyler. Ou si tu as l'impression d'avoir trouvé le seul homme qui donne vie à ton corps.

Je baissai lentement la tête, lui laissant le temps de protester. J'avais beau jouer les gros bras, je n'allais pas la forcer à faire quelque chose pour laquelle elle n'était pas prête. Même si je n'en pouvais plus. Elle ne m'arrêta pas. Oui ! Ses lèvres charnues s'écartèrent et elle approcha son visage du mien.

Je tentai d'y aller doucement. Je tentai d'étouffer

l'agressivité de mon loup, qui hurlait de la revendiquer. Je caressai mes lèvres sur les siennes, prenant mon temps avec quelques caresses sensuelles avant que ma langue ne s'insinue dans sa bouche.

Son contact. Son goût. Son parfum. PUTAIN.

Mais dès qu'elle commença à répondre à mon baiser, j'oubliai d'y aller doucement. Ma bite bondit contre ma fermeture éclair, s'enfonçant dans le creux de ses jambes. Je balançais mon bassin en la baisant avec ma langue, en suçotant ses lèvres, en revendiquant sa bouche comme si quelqu'un essayait de me la voler.

Lorsque je mis fin au baiser, nous étions tous les deux à bout de souffle. J'étais sûr que mes yeux brillaient d'une lueur ambrée. Sa peau avait pris une belle teinte rose. Son odeur était plus intense que jamais.

— Alors ? demandai-je en passant le pouce sur sa peau soyeuse. Son corps tremblait sous le mien.

— Détache-moi, murmura-t-elle en me regardant avec ses yeux chocolat. Ils étaient troublés par le désir. Elle n'était pas insensible, merci mon Dieu.

— Ma belle, la corde, c'est pour te protéger. Tu as fui mon loup, expliquai-je. Tu ne peux pas faire ça si tu ne veux pas que je te baise bien fort.

— Vous voulez dire que vous m'avez attachée au lit pour ne pas me baiser ?

Vu la façon dont elle observait chaque centimètre carré de mon corps, je ne savais pas si elle demandait cela parce qu'elle ne voulait pas que je le fasse ou parce qu'elle le voulait.

— Pas sans ton consentement.

Ce n'était pas un non. C'était un *non pour l'instant.*

— Cela n'a aucun sens. M'attacher à un lit, ça veut dire que vous voulez me baiser bien fort.

L'insolence de sa voix me donnait envie de la dominer encore plus. De lui donner la fessée et la baiser ensuite. Encore et encore. Le sang affluait à ma bite, et je risquais de jouir rien qu'à l'entendre dire « *baiser* » avec sa voix douce et haletante. Je pivotai mon bassin, me pressant contre elle. Elle se souleva et gémit. Je grognai.

— Oh, j'ai envie de faire ça, dis-je.

Oui, elle était tellement plus jeune. Douce. Innocente. Elle ne connaissait pas les difficultés de la vie, celles que je voulais endosser pour elle. Mais elle s'était mise à courir. *À courir.* Dans une meute, cela signifiait *viens me poursuivre, je veux que tu me tiennes, que tu me prennes, que tu m'utilises.*

Riley n'était pas une métamorphe. Mais elle était à moi. Cela signifiait qu'elle *voulait que* je fasse toutes ces choses, même si ce n'était qu'inconsciemment. Pour l'instant. Bientôt, quand je la revendiquerais, elle me supplierait de le faire. Elle saurait qu'elle aimait que ce soit moi qui commande, je lui donnerais ce dont elle avait besoin, même si c'était cochon.

Elle renifla.

— Eh bien, je n'en ai pas envie.

J'arquai un sourcil, scrutai son corps magnifique, vis la façon dont ses tétons pointaient contre son tee-shirt.

— Menteuse, lançai-je en désignant ses seins, puis en faisant un cercle avec mon doigt.

Elle baissa les yeux et ses joues rougirent d'une jolie nuance de rose alors qu'elle couvrait la preuve avec son avant-bras.

— Je ne mens pas.

Je pris une grande inspiration et ajoutai :

— Ma belle, en plus de ces tétons qui s'exhibent pour moi, je peux sentir ton excitation. Tu dégoulines.

Sa bouche s'ouvrit et elle se tortilla parce qu'elle savait exactement ce que je voulais dire.

— Je... Je... Pas du tout.

— Je haussai les épaules. Tu ne mouilles pas pour moi. Alors prouve-le moi.

Elle tourna la tête.

— Prouver quoi ?

Je hochai la tête, m'assis sur mes talons et croisai les bras sur ma poitrine.

— Voyons à quel point tu es mouillée.

Elle leva une main.

— Vous ne toucherez pas ma chatte.

Je relevai le menton.

— Fais-le toi-même alors.

— Je suis attachée à la tête de lit, rappela-t-elle avec encore plus d'insolence, en levant son poignet avec la corde qui pendait.

— Avec un seul bras, et il y a une bonne longueur. Utilise l'une ou l'autre de tes mains. Glisse tes doigts dans ta belle chatte et montre-moi. Si tu n'as pas envie de moi, de ça, alors...

— Alors vous me libérerez, dit-elle en me coupant la parole, et je rentrerai chez moi.

C'était un marché qu'elle n'allait pas gagner. Je savais qu'elle était mouillée. Je pouvais sentir son excitation, épicée et délicate dans l'air. J'en avais l'eau à la bouche.

Je me penchai, posai mes mains sur la tête de lit, de part et d'autre de sa tête, pour que nos visages soient proches. Je planais au-dessus d'elle. Pour qu'elle ne voie que moi. Quelques centimètres de plus et nous nous embrassions à nouveau.

— Si ton miel coule et couvre tes doigts, je dois le lécher. Tout le miel. Depuis la source.

Trois choses se produisirent en même temps.

Elle déglutit bruyamment et je l'imaginai en train de prendre ma bite au fond de sa gorge. Elle se mit à mouiller, son parfum était presque capiteux maintenant. Elle gémit aussi, et je me demandai si un homme lui avait déjà fait un cunnilingus.

Bordel de merde. Je m'agrippai à un rondin de la tête de lit. S'il n'avait pas été si épais, j'aurais cassé le bois.

Était-elle...

Est-ce qu'elle sentait si bon parce qu'elle n'avait jamais... ? Parce qu'elle n'avait pas été touchée et qu'elle était entièrement à moi ?

Je grognai, et ma bite cracha un peu de jus.

— Tu es vierge, Riley ? demandai-je, d'une voix grave et brute qui sortait de moi comme mes griffes. J'étais tellement impatient d'entendre la réponse.

Elle rougit et détourna le regard.

Putain, c'était bien le cas.

— Oh, ma belle.

— Je sais que je ne devrais plus l'être, mais je ne suis pas douée pour tout ça, d'accord ? dit-elle, la tête sur le côté.

Je fronçai les sourcils, confus. Elle avait l'air d'avoir honte. Pourquoi est-ce qu'elle avait honte de ne pas avoir baisé avec un lycéen excité alors qu'elle savait, au plus profond d'elle-même, qu'elle m'avait attendu ?

— Comment est-ce que tu pourrais savoir faire quelque chose que tu n'as jamais fait ? demandai-je en tendant la main et en mettant ses cheveux derrière son oreille.

Ils étaient comme de la soie entre mes doigts.

— C'est ce qu'on m'a dit, murmura-t-elle.

Je me figeai et mon loup se mit en alerte.

— On ? Ma voix était sombre et menaçante, mais elle ne le remarqua pas. De qui s'agissait-il, putain ?

— Les garçons avec qui je suis sortie. Avec qui j'ai flirté, expliqua-t-elle. Ils ont dit que j'étais... grosse. Froide. Insipide. Que je ne valais pas... Que...

— Arrête de parler, dis-je d'un ton sec

Je me souvins de ce que Tyler avait dit à propos du baiser. Il n'avait pas dit qu'il la trouvait grosse. Ou froide. Juste que le baiser n'avait pas été fameux. Mon propre fils avait-il participé à ce ressenti un peu plus tôt dans la journée ? Et insipide ? Elle brillait tellement que ces garçons avaient été aveuglés. Ils s'étaient sans doute sentis pris au dépourvu en sa présence et avaient reporté leurs problèmes sur elle. Eh bien, j'allais régler ce problème tout de suite, putain de merde.

En entendant le ton que j'avais employé, son regard vint croiser le mien.

— Vous voyez ? Un baiser et vous êtes d'accord avec...

Je lui coupai la parole comme si mon loup avait fendu l'air d'un coup de patte.

— Je suis en colère parce que tu les as crus.

Et parce que ces garçons avaient touché à ce qui m'appartenait, même si cela ressemblait à des ébats juvéniles et rien de plus.

— Je...

— C'étaient *eux* qui ne valaient pas la peine que tu leur consacres du temps. Même Tyler.

Je me penchai et appuyai la paume de ma main sur ma bite à travers mon jean.

— Tu vois ça ? demandai-je, et elle baissa son regard.

Ma bite continua de prendre du volume tandis qu'elle évaluait sa taille du regard.

— C'est pour toi, ma belle. Tu me fais tellement bander. Tu n'es pas froide. Ni *grosse*, ce qui est la chose la plus stupide que j'aie jamais entendue. Un baiser, et je ne veux plus jamais te laisser sortir de ce lit. Maintenant, montre à ton compagnon à quel point tu es mouillée, vas-y lui ordonnai-je.

Elle continuait à me regarder fixement les yeux écarquillés.

Comme si elle bougeait au ralenti, Riley glissa sa main sous son legging et, putain, quel spectacle ! Je sus qu'elle avait glissé un doigt en elle parce qu'elle venait d'arquer le dos.

Quand elle leva enfin la main, je saisis délicatement son poignet et le gardai en l'air entre nous. Son doigt scintillait. Il dégoulinait presque.

C'était le plus beau spectacle du monde entier. Ma compagne était trempée.

— C'est... putain. Ce miel collant montre que tu n'es pas froide. Tu es excitée. Pour moi. Les types du lycée étaient de jeunes *garçons*. Des idiots. Tu as besoin d'un homme. D'un vrai. Moi. Ton corps le sait.

Puis je mis ces doigts dans ma bouche. Et me mis à les lécher.

6

RILEY

OH MON DIEU. La sensation de sa langue humide et la succion de sa bouche sur mes doigts était la chose la plus érotique qui soit. J'étais trempée, tellement trempée pour lui. On aurait dit que mon vagin avait une fuite ou un truc du genre parce que mes cuisses étaient mouillées également.

Ma chatte me faisait presque mal, mon clito palpitait littéralement de désir pour cet homme. Pourquoi ? C'était comme si ma libido avait un interrupteur qui avait été éteint jusqu'à ce que je le rencontre. La raison pour laquelle je n'avais pas embrassé Matt Hutchins en première et je ne m'étais pas laissée peloter par Ethan Zibarsky l'année dernière était parce que je n'y avais trouvé aucun intérêt.

Aucun. Comme avec Tyler, rien. Je n'avais jamais eu ce désir et je n'avais jamais mouillé.

Mais un seul ordre de Cody McIntire avec sa voix grave, et j'étais trempée. En manque. Mon Dieu, j'avais envie de tout ce dont il parlait et plus encore. Instantanément, je l'imaginais en train de me faire taire avec sa bite dans ma bouche. Lui léchant ma cyprine à sa source. Ces deux possibilités, et d'autres encore, me convenaient parfaitement.

Je n'avais jamais, au grand jamais, imaginé que l'idée de me faire baiser la bouche m'exciterait, d'un autre côté, je n'aurais jamais pensé que je dégoulinerais littéralement pour le père de Tyler. Et je ne parlais même pas du fait qu'il m'avait poursuivie quand je m'étais enfuie. Il m'avait poursuivie et rattrapée. J'avais senti la barre d'acier dans son pantalon lorsqu'il m'avait serrée contre son corps. Tout cela avant qu'il ne m'attache au lit.

Attachée. Au. Lit.

Il était évident que j'avais un penchant inconnu pour le kidnapping. Un penchant pour la capture. Un besoin d'être dominée. Un fétichisme pour les hommes plus âgés. Du désir pour un *métamorphe*, bien que je n'allais pas trop penser à cela pour le moment. Le concept du compagnon était ahurissant, mais bref. Pourquoi pas... bon sang... parce qu'un homme sexy et expérimenté était en train de sucer le jus de ma chatte sur mes doigts. Est-ce que je devais le laisser continuer ? Je lui avais dit que je ne voulais pas être baisée, et il savait que j'avais menti. Maintenant, il le savait clairement parce que c'était aussi glissant qu'un toboggan aquatique entre mes cuisses, et je me tordais et gémissais comme une star du porno. Juste à cause de mes doigts dans sa bouche.

Est-ce que j'étais folle d'avoir changé d'avis ? Cody était-il *si* doué que ça ? Oui, sans aucun doute. Il était censé avoir couché avec toutes les femmes disponibles de la ville. Il ne faisait aucun doute qu'elles réagissaient toutes de la même façon que moi.

Est-ce que cela me posait un problème ? Pas s'il continuait à faire ce qu'il faisait. Mon Dieu, sa bouche à elle seule était si incroyablement agréable. Comment allait-il... *goûter à la source,* et cela signifiait que j'allais avoir un orgasme fou... avec un homme. J'allais accepter, je saurais ce que c'était et ensuite, je passerais à autre chose. J'aurais certes aimé avoir une relation traditionnelle, mais j'étais aussi réaliste. Est-ce que son histoire de poursuite et d'accouplement faisait partie de ses tactiques de drague ? Est-ce qu'il répétait toujours les mêmes histoires ? Je devais me rappeler que je n'obtiendrais rien de particulier avec Cody parce que j'étais sûre qu'il disait les mêmes choses à toutes les filles.

Il était temps que je passe à la vitesse supérieure, en me rappelant ce que c'était. Du plaisir. Et beaucoup de choses très coquines.

Les gens faisaient l'amour après s'être rencontrés dans un bar. Ou par le biais d'un site de rencontre. Il y en avait même qui ne servaient qu'à faire des rencontres pour du sexe. Où les gens avaient juste l'intention de baiser et de passer à autre chose, voire même sans donner leur vrai nom. Pourquoi est-ce que je ne pourrais pas faire ça maintenant avec un homme avec lequel je savais que je serais en sécurité ? D'accord, peut-être à peu *près* en sécurité. Mais il me désirait. Il savait ce qu'il faisait. Et d'après son impressionnant renflement, il avait clairement une grosse bite. Il avait certainement l'énergie qui allait avec.

J'avais dix-neuf ans. Je voulais du sexe. Je voulais avoir un orgasme avec un homme. Je voulais savoir ce que c'était. Peut-être que Cody avait raison, que Matt, Ethan et Tyler étaient juste des *garçons*.

Regarder Cody me lécher mes doigts était si charnel. Il tenait la corde autour de mon poignet, ce qui me rappelait que je n'avais pas le choix. Non, j'avais le choix. Il n'allait rien faire sans mon consentement. C'était ce qu'il avait dit. Sauf que ces mots et la corde étaient des contradictions. Le fait qu'il n'allait pas me forcer, même si j'étais attachée à son lit, était rassurant. Libérateur.

Il voulait me faire toutes sortes de choses cochonnes, et j'avais le choix. Je pouvais choisir ce qui m'excitait et faire semblant de ne pas avoir le choix. Faire comme si j'étais vraiment capturée, comme si j'étais vraiment attachée à un lit pour assouvir ses besoins.

Putain de merde, c'était torride. C'était probablement une mauvaise idée, mais c'était une mauvaise idée se terminant en orgasmes. Il se rendrait compte que je n'étais pas sa compagne ou dirait que cela n'avait été qu'une blague, et je serais de retour sur les bancs des jeunes femmes en recherche d'un petit ami, avec mon dépucelage enfin derrière moi et des attentes réalistes quant à mes futurs amants. Pourquoi perdre du temps avec un partenaire maladroit et mal à l'aise alors que je pouvais avoir... bon sang... ÇA.

Toute cette histoire de compagne n'avait aucun sens, mais je comprenais la signification d'une bite qui bandait bien. Cody me désirait. Moi !

Je pouvais l'utiliser. C'était le père de Tyler. Il n'y avait rien de réel ici. Nous allions profiter du moment présent. De maintenant. Puis nous en aurions fini. Je ne serais plus vierge, je saurais ce qu'était le vrai sexe.

Ce n'était pas compliqué, j'allais faire en sorte que ça se passe comme ça.

J'allais coucher avec Cody et je passerais à autre chose.

— J'ai menti. J'ai envie. S'il vous plaît, murmurai-je, voulant finalement perdre ma virginité.

Il ferait en sorte que ce soit agréable. Il ferait en sorte que ce soit cochon. Je n'avais jamais eu conscience du fait que je voulais faire l'amour de cette façon.

Il arrêta de me lécher les doigts. Garda mon poignet dans sa main, mais sortit mes doigts de sa bouche.

Son regard torride se posa sur le mien.

— S'il vous plaît, quoi, ma belle ? Sa voix était plus grave et plus rauque. Elle me faisait penser à un glissement de terrain assourdissant.

— S'il vous plaît, faites ce dont vous m'avez parlé.

— De quoi ai-je parlé ?

Je me léchai les lèvres et le regardai me regarder. Ses

yeux passèrent du bleu à l'ambre. Ils brillaient pratiquement.

— Que vous alliez me goûter à la source.

Puis me baiser.

— Humm...goûter ta petite chatte.

La chair de poule apparut sur ma peau. J'acquiesçai et me trémoussai. Je ne pouvais pas frotter mes cuisses l'une contre l'autre parce qu'il les chevauchait.

— Je me suis enfuie, avouai-je. J'ai menti en n'avouant pas que j'étais mouillée.

Ses yeux se plissèrent, m'étudiant, il comprit le message :

— Tu n'as pas été sage.

Je me mordis la lèvre, car on ne m'avait jamais qualifiée ainsi, et surtout pas dans *ce* sens. Mais je hochai la tête.

— Je sais. Vous avez même dû m'attacher. Je ne peux plus partir.

Oh mon Dieu, qu'est-ce que je disais ?

Il se décala sur le lit, attrapa la taille de mon legging et l'abaissa lentement, me dénudant centimètre par centimètre. Après l'avoir jeté par terre, il cala ses larges épaules entre mes cuisses. Il remonta le bord de mon T-shirt, dévoilant ainsi mes seins. Je baissai les yeux vers lui, son beau visage enfoui entre mes jambes.

— Et tu n'as pas envie de partir. Je vais te manger la chatte, ma belle. Un vrai homme va te lécher, et ensuite tu vas te mettre à mouiller encore une fois. Je vais te faire jouir. Et tu vas tout prendre. Tout ce que je vais te donner, tu le prendras.

Je ne pus qu'acquiêscer, parce que *oui, je voulais tout ça...*

— Quelqu'un est déjà passé par ici ? demanda-t-il, son souffle effleurant ma peau brûlante.

Je secouai la tête, respirant à peine.

— Putain, murmura-t-il. Il ferma brièvement les yeux, puis sa bouche se posa sur moi.

— Oh, bon sang ! m'écriai-je, laissant retomber ma tête en arrière sur l'oreiller.

Sa langue. Elle léchait, effleurait et explorait chaque centimètre de ma chair sensible. Il trouva mon clito et le suça, ce qui me fit cambrer les hanches. Ses mains se posèrent sur l'intérieur de mes cuisses et les maintinrent écartées.

Je n'avais jamais rien ressenti de tel. Je n'avais jamais imaginé être aussi ouverte et à nu pour quelqu'un. Bon sang, c'était M. McIntire !

Ma main, celle dont le poignet était attaché, alla jusqu'à ses cheveux. Je les tirai, puis le poussai en moi parce que c'était si bon. Comme de petites flammes. Des bouffées de... oh mon Dieu.

Quand je sentis un doigt tourner autour de ma fente, je me contractai et eus un orgasme. Et commençai à crier. Et je bougeai dans tous les sens. Et giclai sur son visage.

— Cody ! criai-je.

Contre ma chatte, je sentis son grognement. Je sentais son désir. Il ne se relâcha pas, au contraire, il fit l'inverse. Un doigt glissa en moi et s'enroula jusqu'à...

— CODY ! criai-je.

C'était une bonne chose que nous soyons dans les bois.

Sinon les voisins auraient appelé la police tellement je faisais de bruit. Mon Dieu, la police. Mon père.

— Encore un, murmura Cody en continuant à frotter un point merveilleux en moi. Je cessai de penser à mon père... à quoi que ce soit d'autre.

Je basculai mes hanches contre son visage en essayant de faire durer cette délicieuse sensation et...

— Là. Là. *Là.*

Au lieu de continuer, il ralentit la cadence.

Je relevai la tête et le fixai.

— Pourquoi... pourquoi avez-vous...

Sa barbe était enduite, *enduite,* de mon jus. Ses lèvres brillaient pratiquement.

— C'est moi qui m'occupe de cette chatte, ma belle. Elle est à moi. Toute à moi.

— D'accord, oui. C'est votre chatte, faites-moi jouir, dis-je d'un ton sec, impatiente qu'il continue.

Nous jouions à des jeux sexuels. Le scénario de la capture. La fille pas sage. Le côté possessif. Je jouerais le jeu si cela me permettait d'avoir un orgasme.

Il baissa la tête et retourna à sa tâche. Cela ne prit pas longtemps, il était vraiment doué. Je jouis à nouveau, puis encore une fois, en gémissant. Puis je cessai de compter.

— Quelle vierge coquine, murmura-t-il, alors que j'étais à deux doigts de m'évanouir de plaisir.

7

CODY

— Est-ce que je suis encore sous l'emprise de la drogue ? murmura Riley, les paupières ouvertes. Je venais de lui donner plus d'orgasmes qu'elle ne pouvait en supporter, et son corps était détendu et repu de plaisir.

Ma bite palpitait de désir, mais je n'allais pas la sortir. Pas avec une vierge de la moitié de mon âge. Surtout pas avec celle que j'avais droguée et attachée au cadre du lit de ma cabane. Pas avec ma compagne avant qu'elle ne soit prête, peu importe ce qu'elle disait ou la façon dont son corps mouillait pour moi.

— Non, ma belle. Tu es dans un état de béatitude orgasmique.

Je lui détachai le poignet. J'embrassai sa peau irritée,

me sentant coupable d'avoir manqué de respect à ma compagne de cette façon.

Elle ne fuyait plus maintenant, c'était certain, mais elle n'avait pas besoin d'une peau rougie et endolorie pour se rappeler à mon bon souvenir. Ce que nous avions fait n'avait pas été une vraie punition, et la seule partie de son corps qui avait rougi et qui avait été endolorie était son cul.

Mais elle avait apprécié. Il ne faisait aucun doute dans mon esprit que j'avais donné à Riley ce dont elle avait eu envie.

Elle se redressa sur ses coudes et essaya de me regarder à travers ses paupières lourdes. Son tee-shirt glissa pour couvrir ses seins magnifiques. Je n'avais pas encore eu l'occasion de les savourer.

— Cody ? Je perçus beaucoup d'appréhension dans la façon dont elle prononça mon nom.

— Oui, ma belle ?

— Je veux que tu prennes ma virginité.

Je restai immobile pendant que mon loup hurlait de plaisir face à cette demande cochonne, alors qu'elle avait les jambes écartées autour de mes épaules, la chatte gonflée et le clitoris à l'air. Mon dieu, c'était ce que je voulais. Je voulais lui prendre sa fleur. Je voulais aussi la marquer de mes crocs. La faire mienne pour toujours.

— Alors, tu le sens ? dis-je en l'observant.

Je n'étais pas sûr qu'une humaine puisse ressentir l'attraction d'un compagnon prédestiné. Les loups le savaient immédiatement grâce à l'odeur. L'odorat des humains n'était pas aussi développé. Mais elle devait ressentir quelque chose, la réaction de son corps à mon égard était indéniable.

— Tu reconnais que je suis ton compagnon ?

Ses sourcils se plissèrent légèrement.

— Je veux que ce soit toi qui me dépucèles.

Je fronçai les sourcils. Les sonnettes d'alarme retentirent dans mon cerveau. Oui, son corps était d'accord (et pas juste un peu) mais je soupçonnais que son esprit ne l'était pas... pour l'instant. Elle ressentait l'attirance, mais ne comprenait pas ce que cela signifiait. Elle voulait me *donner* sa virginité. Que je sois son premier. Rien de plus.

Il était clair qu'elle ne connaissait pas la profondeur de ce que j'attendais d'elle, non, de ce dont j'avais besoin. Elle avait compris que j'étais son compagnon. Elle ne comprenait pas ce que cela signifiait, ni que les loups s'accouplaient pour la vie. Elle ne savait pas que si je ne la marquais pas rapidement de mon odeur, je risquais de devenir fou pendant la pleine lune. Elle ne savait pas qu'une fois que je l'aurais marquée, il lui serait impossible de se débarrasser de moi. Elle serait coincée avec moi pour le restant de sa vie qui serait bien plus longue que la mienne.

Même si j'avais envie de la baiser, ma conscience exigeait que je m'assure qu'elle comprenne ce qui se passait. Elle était à peine adulte. Elle n'avait jamais eu de relations sexuelles. Il serait si facile pour moi de la berner, mais je n'allais pas le faire. De plus, elle avait ignoré l'existence des métamorphes jusqu'à tout à l'heure et le système des compagnons jusqu'à quelques minutes plus tôt.

— Non, répondis-je en grognant.

— *Non* ? Elle écarquilla les yeux.

Sa bouche s'ouvrit et se referma plusieurs fois avant qu'elle ne dise enfin :

— Comment ça, non ?

— Je veux dire que je ne vais pas te baiser.

Si mon loup avait été en mesure de me blesser, il m'aurait arraché les entrailles à cause de ce que je venais de dire.

— Quoi ? C'était bien pour ça que tu m'avais amené ici, non ?

Elle tenta de reculer, mais j'agrippai ses cuisses nues. C'était à son tour de m'étudier, son expression était un mélange de perplexité et de légère inquiétude.

— Je ne drogue pas les femmes pour coucher avec elles, répliquai-je en grognant pratiquement.

Sa seule question était une autre preuve qu'elle n'avait aucune idée de la complexité de la situation.

— Vas-y, poursuivit-elle, tu as dit que j'avais seulement été avec des garçons. Je veux un vrai homme pour ma première fois.

Je basculai la tête vers le plafond, gémis.

— Tu me tues, ma belle.

Bien sûr, c'était ce que je voulais, mais ce n'était pas suffisant. Je voulais tout avec elle. Son manque de compréhension était frustrant, surtout quand elle me faisait passer pour un sale type ou un pervers. Ou un trou du cul. Son rapide changement d'opinion me prouvait également qu'elle n'avait pas une vision d'ensemble de la situation. Pour elle, il s'agissait de sexe. De satisfaction. Puis... bye bye ?

Une simple partie de jambes en l'air ? Un dépucelage ? Hors de question.

Étais-je content qu'elle veuille faire ça avec moi ? Putain, oui. La question était de savoir si, en cas de refus de ma part, elle irait voir quelqu'un d'autre.

Aucune chance, putain.

Ses yeux étaient rivés sur l'épais contour de ma bite coincée dans mon jean et probablement sur une tache de liquide préséminal qui s'élargissait de minute en minute.

J'attendis que son regard croise à nouveau le mien.

— J'ai ton goût et ton odeur. Mon loup a adoré te satisfaire. Alors pour l'instant, on va s'arrêter là.

— Mais...

— Non, répétai-je, plus pour mon loup que pour elle.

Elle releva le menton.

— Si tu ne veux pas me faire l'amour, ramène-moi chez moi.

Elle était nue jusqu'à la taille. Sa chatte était luisante et gonflée, et elle voulait rentrer chez elle ? Je n'oublierais *jamais* la façon dont elle avait joui sur ma langue. Son goût, son image, ses gémissements. Satisfaire ma compagne pour la première fois avait été l'un des objectifs de ma vie.

— Je promets de ne parler à personne de Tyler. De ce qui s'est passé. Nous pouvons tout oublier. Tu n'as pas à me nettoyer l'esprit ou je ne sais quoi.

— Tout ça parce que je ne veux pas te baiser ?

Elle haussa les épaules.

— Oui, tout ça n'a aucun sens. Quel mec n'a pas *envie* de faire l'amour ? Peut-être que je suis…

— Non, lançai-je avant qu'elle ne parle à nouveau d'elle-même en mal.

Putain, est-ce que j'étais en train de la faire se demander si elle était sexy et excitante ? J'étais pire que ces *garçons* ?

PUTAIN.

— Tu m'as *droguée*, rappela-t-elle. Tu m'as emmenée dans une fichue cabane dans les bois. Est-ce que tu vas me garder prisonnière pour le reste de ma vie ?

Je fronçai les sourcils devant la stupidité de la question. Mais si elle avait vu des enlèvements dans des émissions télévisées, il était logique qu'elle en tire ce genre de conclusion. Mais elle n'avait pas peur de moi. Je venais juste de la dévorer, bon sang.

— Bien sûr que non. Je t'ai juste amenée ici pour… m'interrompis-je.

Mon raisonnement n'était pas très clair. Mon instinct de loup m'avait poussé à l'emmener dans un endroit isolé. Un endroit où j'allais pouvoir faire ce que je voulais d'elle. La marquer. Mais elle n'était pas prête pour ça, et je m'étais fait des illusions à ce sujet. Je ne la prendrais pas tant qu'elle n'aurait pas compris complètement la situation.

Jusqu'à ce qu'elle me désire autant que je la désirais... et pas seulement sexuellement.

Elle était ma compagne. Je savais que c'était celle qu'il me fallait. Il fallait juste qu'elle le comprenne aussi.

— Pour m'attacher et me faire jouir ?

Mes lèvres tressaillirent.

— Eh bien, oui, ça.

Elle fronça les sourcils.

— Mais maintenant tu ne veux plus coucher avec moi. C'est pourtant dans la poche avec moi, dit-elle en agitant son bras. Sans lendemain, dit-elle.

Elle eut l'audace de regarder la corde toujours attachée à la tête de lit et déclara :

— Et j'oublierai toute cette histoire.

— Tu veux... quoi ? Baiser et ensuite je te ramène à la maison ? C'est comme ça que tu imagines les choses ?

— Oui. On baise et tu me ramènes chez moi.

Bon sang, j'avais tout gâché.

— J'oublie que tu m'as droguée et que tu avais prévu de m'effacer l'esprit parce que j'ai vu Tyler se transformer en loup, ajouta-t-elle. Je t'ai promis de ne rien dire.

— C'est un nouveau marché, ma belle ?

Elle pouvait peut-être négocier avec moi, surtout quand je lui donnais des orgasmes dans le cadre de l'arrangement, mais il n'y avait pas de compromis possible avec Rob Wolf. Soit je la revendiquais, soit on lui effaçait l'esprit. C'était aussi simple que ça.

Elle haussa les épaules.

Si nous couchions ensemble, d'après ce qu'elle disait,

elle en aurait fini avec moi. Ça n'allait pas se passer comme ça. Elle voulait du sexe. Elle voulait ma bite, pas moi.

Il n'y avait pas de marché possible ici. Je pouvais faire des concessions sur *tous* les points. Sauf sur le sexe. Je n'allais pas la prendre maintenant, pas avant qu'elle ne comprenne toutes les implications et qu'elle veuille être à moi. Quand elle me supplierait de la revendiquer.

Je ne refuserais de lui donner du plaisir (putain, la voir jouir était l'une des choses les plus érotiques qui soient) mais elle n'aurait pas ma bite. Je devais lui faire comprendre que sa vie était désormais avec moi, mais je n'aurais jamais dû l'emmener dans la cabane. Il fallait que je sois patient, malheureusement. J'avais pensé être un homme patient, mais avec Riley, j'avais presque l'impression d'être enragé.

— Si tu ne me ramènes pas à la maison, mon père va s'en rendre compte.

C'était une menace que je n'avais pas envisagée. C'était aussi une bonne menace.

— Merde.

Elle était adulte, mais elle était toujours la fille de Kyle Abbott et ça ne lui plairait pas que je tourne autour de sa fille, encore moins que je couche avec. J'étais trop vieux pour relever ce genre de défi.

Je soupirai.

— Vu ce que j'ai l'intention de faire de toi, ton père va certainement vouloir me faire la peau.

— Eh bien, heureusement pour toi qu'il est à Bozeman pour plusieurs jours, il témoigne dans un procès.

Merci, putain. J'avais un sursis avant de me faire tirer dessus, et de guérir d'une blessure par balle. J'avais besoin de temps pour courtiser Riley. Pour la séduire. Pour lui donner assez d'orgasmes pour qu'elle comprenne qu'elle était ma compagne prédestinée, pour qu'elle comprenne que nous étions ensemble pour toujours.

Je risquais gros. Je ne pouvais pas laisser quelqu'un lui effacer l'esprit. Je devrais cacher le fait que je ne l'avais pas fait jusqu'à ce que je puisse la marquer. Je devais lui faire découvrir le monde des métamorphes, lui donner les connaissances qu'elle pourrait utiliser pour détruire toute la meute. Il allait falloir que je satisfasse ses besoins sexuels sans faire de compromis, même si mes couilles trop pleines allaient me faire souffrir. Il fallait qu'elle soit à moi avant le retour de son père. Avant que Rob ne l'apprenne.

— D'accord. Je te ramène chez toi, dis-je en me retirant du lit. Je tendis le bras et attrapai son legging.

Elle me regarda, sceptique, en le prenant. Comme si je ne l'avais pas droguée, kidnappée et attachée au lit pour maintenant la laisser partir.

— Tu n'effaces pas ma mémoire ?

— Non, je n'efface rien. Mais tu ne dis rien à personne, l'avertis-je.

En secouant la tête, elle répondit :

— Je ne dirai rien.

D'un air triste, elle commença à remettre son legging.

— Mais tu ne baises avec un autre, juste pour qu'il t'enlève ta virginité.

— Tu ne veux pas le faire, répondit-elle d'un air maussade.

— Je veux le faire, mais on va d'abord s'amuser.

Ses yeux s'illuminèrent d'intérêt.

— Vraiment ?

— Je te le promets, ma belle. Mais toute cette histoire doit rester secrète, dis-je en faisant un cercle avec mon doigt en l'air en guise de conclusion.

Elle réfléchit.

— Oui, tu as probablement raison. C'est mieux de garder le secret.

Je me penchai pour l'embrasser et appréciai qu'elle accepte mon baiser. Je lui pris la main et l'entraînai vers la porte extérieure jusqu'à ma Jeep.

La lune presque pleine se levait dans le ciel comme ma déesse bienveillante. La divinité qui venait d'exaucer un vœu que je n'avais même pas osé formuler.

Je lui ouvris la porte, l'aidai à monter. Quand j'eus fait le tour et pris place sur le siège conducteur, elle me lança un regard.

— Qui sont les autres loups ? Avant que je puisse répondre, elle sursauta :

— *Wolf* Ranch ! Oh, mon Dieu ! Est-ce que tout le monde à Wolf Ranch est un métamorphe ?

Putain. Non seulement je devais convaincre Riley d'être à moi, mais je devais aussi convaincre Rob qu'elle était à moi. Parce qu'il allait me botter le cul quand il apprendrait que je ne lui avais pas effacé la mémoire et qu'elle commençait à comprendre qui d'autre à Cooper Valley pouvait être un métamorphe. Il allait péter les plombs en apprenant que ce que Riley savait pouvait mettre en danger son ranch.

Il allait aussi me botter le cul parce que je m'étais jeté sur cette humaine au lieu d'obéir aux ordres qu'il m'avait donnés. Il comprendrait quand il apprendrait que c'était ma compagne prédestinée. Du moins, je l'espérais.

8

RILEY

Nous restâmes silencieux pendant le trajet de retour vers la ville. Mon esprit était perturbé et confus. Avais-je imaginé Tyler se transformant en loup ? Étais-je en train de devenir folle ? Je n'avais pas imaginé le fait que je m'étais retrouvée dans une cabane dans les bois avec Cody, et je n'avais *certainement* pas imaginé le fait qu'il avait mis sa bouche sur mon intimité et qu'il m'avait léchée jusqu'à ce que j'atteigne de multiples orgasmes.

Ma chatte picotait sous l'effet du plaisir persistant, mais elle en voulait plus.

Oui, cela avait vraiment eu lieu. Quel type drogue et kidnappe une femme, puis lui fait un cuni et n'attend rien en retour ? L'attitude de Cody n'avait aucun sens. Il était grincheux et dominant, mais aussi attentif et apparemment protecteur et attentionné.

Je jetai un coup d'œil dans sa direction. Son poignet reposait nonchalamment sur le haut du volant pendant qu'il avançait sur le chemin de terre. Son regard était fixé devant lui. De profil, il était si beau. Aucun des hommes que je connaissais n'était capable de se faire pousser une moustache, et encore moins une vraie barbe. La sienne était douce (l'intérieur de mes cuisses en savait quelque chose) et j'avais envie de tendre la main de l'autre côté de la Jeep et de la toucher.

Cet homme me désirait. Moi ! Mais il me ramenait en ville après notre accord. Je n'allais pas dire un mot à qui que ce soit de ce qui s'était passé avec Tyler aujourd'hui. Qui m'aurait crue ? Je ne parlerais pas non plus de Cody à qui que ce soit, car jusqu'à il y a quelques heures, il était *M. McIntire.*

Mes copines seraient envieuses (parce que c'était un DILF) mais elles penseraient aussi que j'étais folle. Il était vieux. Genre quarante ans. Il avait un fils de mon âge. J'étais à l'université. J'avais toute la vie devant moi. Je voulais une vie traditionnelle. La maison avec le jardin. Le chien. Les bébés. Depuis que ma mère était partie quand j'avais sept ans, tout ce que j'avais voulu, c'était une mère à mes côtés. Rentrer de l'école et avoir des câlins et un goûter. Quelqu'un qui m'aide à préparer mes projets de sciences et à me coiffer. Qui m'apprenne à me raser les jambes. Toutes les choses qu'une mère faisait. Enfin, sauf la mienne. Elle n'était pas intéressée... n'avait jamais été intéressée. Maman et papa étaient sortis ensemble et elle était tombée enceinte par accident. De moi.

Mais papa n'était pas le seul gars avec qui elle était sortie pendant qu'ils étaient ensemble. D'après ce que papa et toute la ville m'avaient dit, ma mère avait été une coureuse de jupons. Non, ce terme était pour les hommes. Elle avait été du style salope. Non, une femme aux mœurs légères. Délurée. Voilà tous les mots que j'avais entendus associés à elle au fil des ans. Sous forme de chuchotements dans mon dos ou qu'on m'avait dit en face. Je ne reprochais pas à une femme d'avoir eu autant envie de sexe qu'un homme (d'où mon agacement face à la terminologie « trainée » ou « salope ») mais cela n'incluait pas la tromperie ou le fait qu'elle n'avait pas assumé ses responsabilités.

Papa avait fait de son mieux, mais ça avait quelque chose de se retrouver tous les deux dans la salle de bains quand il m'avait montré comment utiliser un rasoir.

Il m'aimait. Je n'avais jamais remis cela en question. Mais il était désabusé quant à l'amour et aux relations depuis qu'elle nous avait quittés pour un photographe itinérant de passage dans la ville. Je n'avais aucune idée de ce qu'était le véritable amour, mais je savais que je le voulais. Je voulais que quelqu'un soit à moi, qu'il me désire et qu'il reste avec moi. Qu'il me fasse passer en premier.

Peut-être était-ce une bonne chose que Cody et moi n'ayons pas fait l'amour, car s'il avait fallu choisir une photo d'un coureur de jupons pour le dictionnaire, on aurait mis la sienne. Il m'avait embrouillé les idées parce qu'il était si talentueux. Ma lucidité avait été réduite à néant.

Sauf que... les coureurs de jupon baisaient. C'était le but des coureurs de jupons. Cody ne s'était même pas déshabillé. Je ne l'avais pas touché et je n'avais pas vu sa bite. Il m'avait donné des orgasmes. Je savais maintenant que je n'étais pas frigide du tout. Je savais que c'était Matt et Ethan qui n'avaient aucune expérience au lit. Je pouvais remercier Cody rien que pour ça.

Alors qu'il ralentissait la Jeep et tournait dans ma rue, je continuais à réfléchir.

Moi, j'étais la vierge. Qui n'avait rien fait de plus que m'embrasser un homme sur la bouche. Puis quelques gestes et paroles un peu agressifs, quelques grognements de la part de Cody, et j'avais eu envie qu'il me fasse l'amour. Était-ce ainsi que ma mère avait commencé ? Comment s'était-elle sentie avec un mec ? Avait-elle été gourmande ?

Oh mon Dieu, je me comportais comme une salope en rut. Une salope *vierge*, ce qui était contradictoire, mais quand même... Je voulais que ce soit sauvage. Cochon.

Il ralentit et gara sa Jeep devant la maison de ma grand-mère. Changea de position pour me faire face.

Je me raclai la gorge. Qu'est-ce que je devais dire à un type qui avait mis son visage entre mes cuisses et qui ne voulait pas me baiser ?

— Euh, merci, M. McIntire, bredouillai-je. Ouais, *vraiment super*. Je, euh... à la prochaine.

Quand je levai nerveusement les yeux vers les siens, il resta silencieux et remarquai sa mâchoire serrée.

— Cody, corrigea-t-il en me désignant du doigt. Reste ici.

Il descendit de sa voiture et fit le tour pour ouvrir ma porte. Il détacha même ma ceinture de sécurité. Je sentis son odeur. Une odeur fraîche et un peu épicée. Je vis les mèches grises sur ses tempes. Je remarquai à quel point sa bouche était sensuelle et... oh, parfaite. Nous nous étions embrassés.

Si je me penchais, je pourrais l'embrasser à nouveau.

Non, nous avions un marché. Il me ramenait à la maison. Nous n'avions pas baisé et je ne dirais rien à personne.

Il me guida jusqu'à l'entrée, sa main sur le bas de mon dos.

— Code ? demanda-t-il, en faisant référence à la serrure sans clé que papa avait installée sur la porte de mamie, pour que nous puissions entrer avec un simple code numérique en cas d'urgence.

— Six-deux-quatre-sept, répondis-je.

Il le composa et m'ouvrit la porte.

— Je dois aller travailler, dit-il.

— Bien, dis-je réalisant qu'il était presque l'heure du dîner.

Il dirigeait le Cody's Saloon. Pas seulement d'ailleurs. Il en était le propriétaire.

— Merci pour ce, euh... moment intéressant.

Il se pencha vers moi, m'embrassa. Grogna. Me renifla.

— Tu passeras au bar ce soir.

Mes yeux s'écarquillèrent de surprise.

— Quoi ?

— Tu as bien entendu.

— Je ne peux pas.

— Tu peux, dit-il d'un ton ferme.

— En plus de ne pas avoir vingt et un ans...

— Tu peux, dit-il en me coupant la parole. C'est légal. C'est juste que je ne peux pas te servir d'alcool.

Je ne savais pas pourquoi son invitation (ou plutôt son *ordre*) m'excitait. Aller dans un bar n'avait rien d'extraordinaire. Sauf que ça l'était. Le Cody's Saloon était le seul bar de la ville, et tous les gens de mon âge mouraient d'envie d'avoir l'âge d'y aller faire la fête. C'était la meilleure (et la seule) vie nocturne de la ville. C'était le lieu où les groupes jouaient, où les gens allaient danser et où les rencontres se faisaient au milieu des boissons qui coulaient à flot.

J'avais même entendu parler du taureau mécanique. Je devais admettre que cela contribuait à l'attrait du personnage de Cody, c'était une légende parce qu'il était le propriétaire sexy du bar de la ville. Le maître de cérémonie des rencontres et des bons moments à Cooper Valley.

Et je lui plaisais.

Il m'ordonnait de venir dans son bar. C'était presque trop beau pour être vrai, ce qui signifiait que ça l'était vraiment. *C'était un coureur de jupons qui m'avait droguée !* Je devais l'éviter et laisser ma libido nouvellement libérée me ramener vers des garçons de mon âge.

— ...et j'ai des projets, je vais au bowling avec mes amies Alice et Wendy dis-je en terminant ma phrase.

Il arqua les sourcils comme s'il pensait que je mentais. Ou que j'inventais une autre excuse pour l'éviter.

— Au bowling ? répéta-t-il, la commissure de la bouche légèrement relevée. Il ne s'était manifestement pas attendu à une réponse de ce genre.

Je hochai la tête.

Ses yeux bleus se posèrent sur les miens et nous nous contentâmes de nous regarder fixement, avec les bruits du voisinage tout autour de nous, une tondeuse à gazon et un oiseau qui gazouillait dans un arbre.

Finalement, il baissa la tête et posa ses lèvres sur les miennes.

— À bientôt, alors.

Je m'appuyai contre la porte après l'avoir refermée et verrouillée derrière moi.

Cody McIntire était *tellement* déroutant. Un coureur voulait coucher avec vous tout de suite et vous laissait à votre porte en vous disant « à bientôt », mais n'en pensait pas un traître mot.

Cody avait refusé de prendre ma virginité. Il avait refusé de coucher avec une vierge, ce qui, d'après les livres d'amour et le porno, était une chose qu'aucun mec ne refusait.

Sauf que lui, l'avait fait.

Et cela signifiait-il qu'il voulait vraiment me revoir bientôt ?

Je levai les bras en l'air, jetant l'éponge.

9

CODY

IL MANQUAIT quatre fûts à la livraison de bière. Une serveuse se faisait porter pâle. Quelqu'un avait bouché les toilettes des hommes. Tout cela avant vingt heures. Ensuite, les clients commencèrent à affluer, et je dus donner un coup de main derrière le bar, pour que les clients attendent le moins possible. À part les toilettes bouchées, rien qui ne sortait de l'ordinaire. Une nuit comme tant d'autres à tenir le seul bar de la ville.

Ce qui *était* différent ce soir, c'était que j'avais trouvé ma compagne. Bien sûr, j'avais les couilles pleines, mais je ne pouvais pas m'empêcher de sourire comme si je m'étais envoyé en l'air. Le goût de Riley était sur ma langue, imprégné dans ma peau. Je savais à quoi elle ressemblait quand elle jouissait. À quoi elle ressemblait quand *je* lui *donnais* du plaisir.

Ma bite palpitait à l'idée que j'étais le *seul* à l'avoir fait. Et le seul qui allait le faire à l'avenir.

Sauf qu'elle était en train de jouer au bowling avec ses copines. Mon loup ne comprenait pas ce concept, n'aimait pas le fait que nous soyons séparés. Il voulait la traquer. La poursuivre à nouveau et lui botter le cul. Merde, maintenant je pensais aussi à baiser ce trou vierge.

Un jour, je le ferai.

Un jour, j'aurais chaque centimètre carré de son corps.

J'espérais que ce serait avant la pleine lune, parce que la tension qui s'annonçait allait nous rendre, mon loup et moi, complètement fous. Je tirai une autre bière, la posai sur le plateau avec trois autres, plaçai le bon de commande humide à côté et le déposai dans la zone de ramassage pour Wanda, l'une des serveuses.

En me retournant pour servir le client suivant, je découvris que ce n'était pas un type qui attendait un autre pichet, mais Rob Wolf et sa compagne.

Putain.

Il était accoudé au bar, l'air toujours aussi décontracté, un bras passé autour de la taille de Willow. Comme si la musique country bruyante ne le dérangeait pas. Ou le groupe d'enterrement de vie de jeune fille qui hurlait dans le coin. Ou les cris d'un groupe turbulent près du taureau mécanique. Avec son chapeau de cow-boy sur la tête et ses mains marquées par le travail au ranch, il se fondait dans la masse. Le fait qu'il était probablement capable d'entendre une souris péter dans la ruelle parce qu'il était un métamorphe alpha n'était toutefois pas flagrant.

Je pris un chiffon propre et essuyai le bar lustré devant eux.

— Hé, salut les amis. Vous voulez une bière ? demandai-je avec mon sourire sympathique habituel.

Il se tourna vers Willow.

— Ce serait parfait, merci, dit-elle.

Rob acquiesça également.

Ils restèrent silencieux pendant que je remplissais leurs chopes au robinet. Je ne savais pas s'ils voulaient vraiment boire un verre ou si Rob me donnait du temps pour lui expliquer ce qui s'était passé. Ou s'il me laissait mariner parce que je me sentais comme un adolescent qui s'était fait prendre en train de voler la voiture de ses parents pour aller faire un tour.

Je déposai d'abord une bière devant Willow, puis devant Rob. Elle prit une gorgée, il ne toucha pas à la sienne.

— Il semble que Marion n'ait pas reçu de visite aujourd'hui.

Rob n'avait manifestement aucun désir de parler de choses légères. C'était la deuxième fois aujourd'hui qu'il avait affaire à un McIntire.

Tout le vacarme, tous les clients qui attendaient, s'évaporèrent. Le regard de Rob me transperça. Il n'était pas en colère. Je n'avais jamais vu notre alpha se mettre en colère. Mais il n'était certainement pas content.

— En effet, répondis-je.

— Tu expliques ça comment ?

Je posai mes avant-bras sur le bar et m'approchai de lui.

— Elle est à moi.

Il n'y avait aucune chance que je dise *compagne prédestinée* dans cette foule. Il y avait un mélange de métamorphes et d'humains parmi les clients, mais cela restait équilibré parce que les humains ne connaissaient pas la répartition des gens qui fréquentaient le bar.

Willow laissa échapper un petit cri et sourit.

Rob ne montra aucune émotion. Un seul de ses sourcils foncés se souleva en guise de réponse.

— Tu es sûr ?

Je lui lançai un regard noir.

— Tu es sérieux ?

Il haussa les épaules.

— Tu es vieux. Peut-être que ton odorat est défaillant.

Willow rit à nouveau.

— Rob, gronda-t-elle.

Je continuai à le fusiller du regard. Je n'osais pas manquer de respect à mon alpha en disant quelque chose que je regretterais, alors je restai silencieux.

— Maintenant, nous savons pourquoi le baiser qu'elle a échangé avec Tyler n'était pas terrible.

Au lieu de frapper mon alpha au visage, je frottai le bar déjà reluisant avec le chiffon.

— Ne mentionne plus jamais Tyler, le baiser et Riley. S'il te plaît, ajoutai-je en serrant les dents, par déférence.

Rob afficha un sourire, ce qui était chose rare. Ce fut à son tour de se pencher en avant. Il n'eut qu'à murmurer, car j'avais une ouïe exceptionnelle.

— Donc tu as l'intention de la revendiquer. Difficile à faire quand elle n'est pas là.

Je croisai son regard.

— Elle joue au bowling avec des copines.

— Merde, soupira-t-il en embrassant la tempe de Willow. Reste ici un moment, ma puce.

Elle acquiesça, puis Rob trouva un tabouret pour qu'elle s'y assoie. Sans rien ajouter, il se détourna du bar et contourna les tables hautes.

— Merde, répétai-je. Indiquant au barman que je m'éloignais, je suivis mon alpha jusqu'à mon bureau.

— Je vais la revendiquer, Alpha. Mais elle a *dix-neuf ans*. Elle est encore vierge, lui dis-je une fois la porte refermée derrière nous, réduisant le bruit aux seules basses tonitruantes de la dernière chanson.

Il se pencha contre mon bureau et croisa les chevilles.

— Rien de surprenant à cela. J'imagine que son père garde les gars à l'écart en les menaçant d'une arme. Son âge et l'adjoint constituent un obstacle de taille.

Je poussais un grognement, puis ajoutai.

— Je sais.

Pour les métamorphes, perdre sa virginité signifiait simplement faire l'amour pour la première fois. C'est aussi simple que ça. Il n'y avait pas de pétales de fleurs, sauf quand ça se passait à la pleine lune, dans un champ. Il n'y avait pas de bougies. Ce n'était pas... *spécial*. Mais je savais que pour les humains, ça représentait quelque chose. Vu la façon dont Riley m'avait supplié de la baiser, elle n'avait eu pas l'air de penser que c'était si important que ça non plus.

Sauf que je doutais qu'elle ait pensé que ce serait un homme de quarante ans qui ferait le boulot. Mon loup grogna à l'idée que quelqu'un d'autre puisse l'en débarrasser avant moi. Comme Matt ou Ethan, deux *garçons* que je voulais emmener dans la nature pour leur donner une leçon sur la façon de traiter une femme. N'importe quelle femme, sauf Riley. Ensuite, il faudrait que je sorte des diagrammes sur l'anatomie féminine, pour qu'ils comprennent comment s'y prendre.

— Je voulais qu'on lui efface la mémoire. Tu as désobéi à un ordre direct de ton alpha. Elle sait que nous existons et elle n'est pas revendiquée. *Et elle n'est pas accrochée à toi*, lança Rob en jetant une main en l'air.

Instantanément, je pensais à elle attachée au lit et j'ordonnai à ma bite de redescendre.

— Je suis désolé, Alpha, dis-je en me passant une main sur ma nuque. Je suis allé chez elle et j'ai utilisé le tranquillisant pour animaux que tu m'as donné. J'avais l'intention de l'emmener voir Marion. Pour régler le problème de Tyler. Puis j'ai senti son odeur.

Je pris une profonde inspiration et me souvins de la première fois que j'avais senti sa délicieuse odeur.

— Elle ne posera plus de problème pour Tyler. C'est ma compagne. Je ne pouvais pas effacer sa mémoire. Tu sais que cela peut causer des dommages permanents.

— Pas avec un seul souvenir. Maintenant, elle se souvient aussi que tu l'as kidnappée. Plus ça dure, plus il faudra effacer de souvenirs. Et cela pourrait causer des dommages permanents. Autant de trous dans l'esprit d'une personne ?

Il secoua la tête d'un air sinistre.

Putain de merde. Je ne laisserais pas cela arriver à Riley. Même si cela signifiait défier mon alpha et être expulsé de la meute. Je mourrais avant.

— Il ne faudra rien effacer, dis-je d'un air féroce. Je vais la convaincre de se joindre à nous. Cela prendra juste un peu de temps. C'est une humaine. Je dois...La courtiser. La faire tomber amoureuse.

Putain ça allait être une tâche colossale.

Il secoua la tête.

— D'accord, et en attendant, à combien de personnes va-t-elle révéler notre secret ? Au bowling, par exemple ? Tu aurais dû suivre mes ordres et lui effacer la mémoire. Comme ça, tu aurais eu tout le temps nécessaire pour réfléchir à la façon dont tu vas faire craquer une gamine sans mettre la meute en danger.

Je déglutis. Il avait raison. Je n'avais même pas réussi à expliquer correctement la situation à Riley. Je l'avais juste embrouillée avec des orgasmes et je l'avais ramenée à la maison. Elle avait peut-être déjà tout raconté à ses copines. Ou à son père. Sa grand-mère. À n'importe qui.

— Je n'aime pas ça, Cody.

— Donne-moi une semaine. Une semaine pour faire en sorte qu'une jeune fille tombe amoureuse et soit prête à passer le reste de sa vie avec moi. C'était possible, non ?

Rob sourit.

— Tu as la réputation de rendre les femmes folles de toi rapidement. Je suppose que si quelqu'un sait comment faire craquer une femme humaine rapidement, c'est bien toi.

Je réprimai un grognement. Mon loup n'aimait pas qu'on insinue que Riley était comme toutes les autres femmes que j'avais fréquentées.

Il se leva, me donna une tape sur l'épaule avant d'ouvrir la porte du bureau.

— Bien. Tu as une semaine, Cody. Mais pas plus parce qu'avec chaque jour qui passe, elle se souviendra de plus en plus de l'existence des métamorphes et cela fera de plus en plus de choses à effacer. Fais en sorte qu'elle tombe amoureuse et qu'elle accepte d'être revendiquée, ou je l'emmènerai personnellement chez Marion pour qu'elle se fasse effacer l'esprit.

MERDE.

10

RILEY

ALICE ET WENDY étaient mes deux meilleures amies du lycée, après Lila, bien sûr. Wendy allait à l'université publique avec moi. Elle suivait des cours pour devenir infirmière en vue d'aller dans un établissement spécialisé l'année prochaine, elle était donc très occupée par son travail. Alice travaillait dans l'agence immobilière de sa famille. Cet été, elle avait obtenu sa licence d'agent immobilier et avait passé tout l'été à faire visiter des terrains à des acheteurs potentiels qui ne résidaient pas dans le Montana. Je suivais des cours et travaillais à temps partiel dans une école maternelle de la ville. Il avait été difficile d'organiser une soirée bowling, mais nous y étions parvenues. C'était ce dont nous avions toutes besoin en ce moment.

Je mourais d'envie de raconter à mes meilleurs amis ce qui s'était passé avec Tyler et Cody, mais je ne pouvais pas. J'avais promis.

Au milieu du premier match, Chris, le petit ami d'Alice, débarqua avec deux copains, Andy et Pete. Chris avait dit qu'ils n'allaient pas rester, mais ils n'étaient toujours pas partis. Andy était très discret. Il passait son temps sur son téléphone (un vrai loser) mais Pete consacrait tout son temps à essayer de me draguer. C'était lui aussi un loser, mais d'un autre genre.

Wendy avait trouvé amusant que Pete s'intéresse à moi. Je trouvais ça et lui... puérils. Surtout après mon après-midi avec Cody. Je ne pouvais pas m'empêcher de faire des comparaisons. Avec Pete, tout ce que je voyais, c'était un visage de bébé, sans la moindre trace de poil de barbe. Une haleine qui sentait la bière qu'ils avaient achetée en cachette. Des mains moites. Oui, je savais qu'elles étaient moites parce qu'il n'arrêtait pas d'en poser une sur mon avant-bras nu. Ses caresses ressemblaient à des préliminaires pour enfants.

— C'est mon tour. Je contournai la banquette et attrapai ma boule dans le casier de retour.

J'attendis qu'un homme qui jouait dans une ligue joue sur la piste voisine de la nôtre avant de me déplacer, de balancer le bras et de projeter ma boule sur ma piste.

Je levai les bras en l'air lorsque neuf quilles tombèrent et qu'une autre vacilla avant de tomber à son tour. Wendy applaudit. Alice tapa dans la main de Chris.

Alors que j'attendais le retour de ma boule et la remise en place des quilles pour pouvoir jouer mon deuxième tour, j'aperçut Rob Wolf et, probablement, sa femme.

Je ne les avais jamais rencontrés officiellement, mais Tyler parlait constamment de lui parce qu'il avait obtenu un emploi dans son ranch et que c'était là qu'il vivait maintenant. Tyler et moi l'avions vu en ville une fois, et Tyler me l'avait montré du doigt.

Ils étaient près du comptoir de location de chaussures... ils me regardaient.

Moi.

Je les regardais fixement. Rob continuait de me regarder fixement. Willow souriait, puis mit un morceau de popcorn dans sa bouche, tiré d'un sac en papier rayé que je n'avais pas remarqué qu'elle tenait. Ils en vendaient au comptoir des snacks.

Le plaisir de faire un strike avait disparu. Je repensais à ce que j'avais supposé plus tôt. Rob était-il lui aussi un métamorphe ? Ce devait être le cas. Cody n'avait pas répondu directement lorsque je lui avais posé la question, mais son nom de famille était *Wolf*. Bien sûr, que c'était un métamorphe ! Et Willow ? Je fixai cette femme qui était tellement plus rayonnante que son mari en apparence grincheux. Elle semblait si... normale.

Était-il là pour moi ? Non, c'était idiot. C'était une petite ville. Je rencontrais quotidiennement trop de gens que je ne voulais pas voir. Les courses étaient souvent l'occasion d'une rencontre amicale, et j'avais commencé à commander des tampons et des articles féminins en ligne pour ne rien donner de personnel aux fouineurs et aux curieux de la ville. Ce n'était pas *si* désagréable que ça, mais je devais supporter un père étouffant *et* une ville très soudée. Je pouvais avoir un certain contrôle sur l'une de ces choses, mais pas sur l'autre.

Pete se rapprocha de moi et me serra dans ses bras, me soulevant du sol et me faisant tourner en rond. Une fois que mes pieds en chaussures de location eurent retrouvé leur place sur le bois, je reculai et attrapai ma boule qui, heureusement, venait d'apparaître.

— Beau travail, tu es une tueuse.

— Mec, laisse-la respirer, Chris.

Pete fit un doigt d'honneur à son ami mais retourna s'asseoir.

Quand je relevai les yeux vers Rob, il avait la tête baissée et était en train de taper sur son portable.

— Allez, Riley ! Dégomme-les toutes encore une fois ! cria Alice.

Je souris, tournai les talons et pris ma respiration. Je me concentrai sur ma prochaine lancée et non sur les métamorphes. Cela ne marcha pas très bien, car je ne fis tomber que cinq quilles. Le temps que je me retourne, Rob et sa femme étaient partis.

Cinq minutes plus tard tout au plus, lorsque ce fut au tour d'Alice de jouer, Cody fit son apparition. Non, il fit plus qu'une simple apparition. Il franchit les portes d'entrée comme s'il était en mission. Il jeta à peine un coup d'œil à droite et à gauche avant de se diriger vers moi, comme s'il avait une sorte de balise de repérage fixée sur moi.

Ce regard.

Culotte trempée.

Il fonça vers moi. Oui, il fonça directement vers moi. Mais il ne me regardait plus. Il jetait à Pete un regard menaçant. Plus précisément, son bras se balança négligemment (et très intentionnellement) le long du dossier de la rangée de sièges en plastique derrière moi.

Comment avais-je su qu'il arrivait ? Il y avait eu une perturbation dans l'air, ou bien mes tétons l'avaient su. Toutes les femmes de la salle s'arrêtèrent et le regardèrent, il était si sexy.

Ou elles avaient toutes été baisées par lui et en redemandaient.

C'était mon cas.

— Hey Riley. C'est qui ton pote ? demanda-t-il lorsqu'il se tint devant moi, d'une allure imposante.

Je déglutis difficilement, non pas parce que j'avais peur, mais parce qu'il m'excitait.

Il était là pour moi. MOI.

Je m'éclaircis la gorge.

— C'est Pete. C'est un copain de Chris.

Je levai vaguement la main et indiquai à Cody l'endroit où Chris était assis à la table des scores.

— M. McIntire, vous cherchez Tyler ? demanda Wendy.

Je grimaçai intérieurement.

Le regard de Cody croisa le mien. Se fixa sur moi.

— Ton copain Pete veut rester en vie ? me demanda-t-il.

Je pris une grande inspiration.

Pete se mit à rire.

— Quoi ?

Je me levai d'un bond. J'avais un *petit* problème. Je découvrais une nouvelle facette de Cody. Un côté *très* possessif. Était-ce de la jalousie ou une simple revendication de territoire ?

Quoi qu'il en soit, je n'allais pas en découvrir la raison dans un bowling rempli de monde. Je montai sur les marches, m'éloignant des pistes. Mes chaussures de location glissaient sur la moquette avec des motifs dignes de Las Vegas. Je contournai un groupe d'enfants coiffés de chapeaux d'anniversaire et quelques hommes portant des sacs de bowling et des chemises de ligue assorties, puis j'atteignis les toilettes et me glissai à l'intérieur.

Je savais que Cody me suivait. Non pas parce que je l'entendais (ce qui n'était pas le cas avec la musique rock diffusée dans l'établissement, les bruits de la salle de jeux à côté des toilettes et le tintement des quilles qui tombaient) mais parce que je le *sentais*.

Lorsque je poussai la porte d'une des toilettes unisexes, il était déjà derrière moi et ferma la porte derrière nous. Il tourna le verrou.

Il passa une main derrière ma nuque et tira sur ma queue de cheval, me forçant à lever les yeux et à croiser son regard. Ses yeux étaient d'un bleu tempétueux. Sauvage.

— Qu'est-ce que tu fais ici ? Je croyais que tu travaillais, demandai-je, appréciant cette petite tension sur mon cuir chevelu.

— Je travaillais jusqu'à ce que Rob Wolf m'envoie un texto pour me dire que ma compagne était avec un autre homme. Non, un autre *garçon*.

Il avait quitté son travail et s'était précipité ici parce que Rob m'avait vue ? Son bar n'était qu'à quelques pâtés de maisons de Main Street, mais quand même.

— Cody, je...

— Qui est-ce ?

Je fronçai les sourcils.

— Pete ? C'est un copain du petit ami d'Alice.

— Il a l'air de vouloir être *ami* avec toi.

Cody était là parce que Rob m'avait vue avec *Pete.*

— Oui, il ne m'intéresse pas, lui dis-je.

— Il est au courant ?

Avec sa main, il me fit pivoter, de sorte que mon dos était contre le mur, et qu'il était contre ma poitrine.

Chaque centimètre très dur de son corps était contre moi.

— Il sait que cette chatte est à moi ?

Je sursautai lorsqu'il saisit ma chatte à travers mes vêtements.

— Cody ... murmurai-je.

Bon sang, c'était tellement excitant.

Il se pencha et passa son nez le long de mon cou.

— Que je suis celui qui te fait jouir ?

— Je ne sais même pas qui est Pete, dis-je en inclinant la tête vers lui.

Il mordilla le point situé à la jonction de mon cou et de mon épaule.

— Exactement.

Son souffle effleurait ma peau brûlante.

— Tu veux fréquenter des garçons, c'est très bien, mais ce sera avec une chatte douloureuse. Une culotte trempée. Et quand tu seras ivre de jouissance.

— Tu vas me baiser maintenant ? Ici ?

Je lançai un coup d'œil aux toilettes qui avaient un papier peint en forme de boule de bowling et qui sentaient le désodorisant fruité. J'étais prête à le faire, j'étais à ce point émoustillée.

Très excitée.

Sa main remonta le long de ma cuisse nue et se glissa sous ma jupe. Puis se faufila dans ma culotte.

Je m'agrippai à son avant-bras, non pas pour le repousser, mais pour m'assurer qu'il ne s'arrêterait pas.

Il lécha le côté de mon cou puis murmura :

— Je ne vais pas revendiquer ma compagne dans les toilettes d'un bowling.

Il glissa un doigt en moi, avec force et profondément, et cela me poussa à me mettre sur la pointe des pieds.

Je poussai un petit soupir à cause de la soudaineté de ce geste. Mes yeux se fermèrent. Quand Cody avait posé sa bouche sur moi, cela avait été plus intime que cela puisque j'avais été nue, néanmoins maintenant, c'était la première fois qu'un homme me baisait avec son doigt.

— Mais je peux certainement te montrer qui sait s'occuper de toi.

— Oh mon Dieu, soufflai-je en me déhanchant pendant qu'il me doigtait.

J'avais déjà utilisé un vibromasseur, mais très récemment, parce qu'il avait été hors de question que j'aie un sex-toy dans la maison de mon père, mais là, c'était tellement mieux.

— Tu vas être sage et silencieuse et tu vas jouir sur ma main. Personne ne va t'entendre à part moi, grogna-t-il. Sinon, j'arrête et je te laisse sur ta faim toute la soirée.

Je me mordis la lèvre et acquiesçai. J'avais tellement envie de jouir.

Il enfonça un deuxième doigt en moi.

— Tu es si serrée, putain.

J'étais tellement mouillée que le bruit que faisait ses mouvements était un peu gênant. Sauf que sa paume frottant mon clito, me fit oublier tout ça. Jusqu'à mon nom.

— Tu vas retourner là-bas, et Pete va comprendre que tu as déjà un homme.

Cody n'était pas tendre. Il était presque brutal dans ses actions. Féroce. Comme si c'était un besoin primaire pour lui de me faire jouir rapidement.

Je bougeai mon bassin, chevauchant pratiquement ses doigts.

— Bravo, me félicita-t-il lorsque je jouis. Tu es si belle quand tu jouis, ma belle.

Il fit davantage de va-et-vient, m'arrachant un autre orgasme.

— Voilà, ton corps sait à qui il appartient. Personne d'autre ne peut te faire jouir comme ça. Qui peut te donner ce dont tu as besoin ?

— Toi, je gémis, en proie au plaisir, en essayant de reprendre mon souffle.

Il m'embrassa dans le cou, remonta ma culotte, puis tapota doucement ma chatte par-dessus.

— C'est *À moi*.

Puis il fit tourner le verrou et s'en alla.

Il venait clairement de revendiquer son territoire.

11

CODY

JE RETOURNAI au bar avec la colère de mon loup jaloux encore présente dans mes veines.

Doigter Riley dans les toilettes du bowling n'était probablement pas ce que Rob avait eu à l'esprit quand il m'avait donné le délai d'une semaine. Le problème était que mon loup était trop *excité* pour que je me fasse confiance à moi-même.

Rob m'avait ordonné de la garder près de moi à tout moment, pour qu'elle tombe amoureuse de moi. Comment étais-je censé savoir comment faire tomber quelqu'un amoureux de moi, bordel ?

Ça ne m'était certainement jamais arrivé auparavant.

Certes, j'avais la réputation d'être un bon coup. Dans une petite ville, après quelques histoires, tout le monde pensait que je me tapais une femme différente tous les soirs. Cette ville n'était pas assez grande pour ça, pour l'amour du ciel. Bien sûr, quand je baisais, et je faisais toujours en sorte que ma partenaire passe un bon moment.

Mais tomber amoureux... et qu'elle devienne ma compagne prédestinée ?

Merde.

Ce n'était pas ma spécialité. Et je n'y connaissais rien en matière de compagne prédestinée.

Ce qu'on avait fait dans les toilettes, c'était juste une revendication de ma part, lui rappelant à qui elle appartenait. Est-ce que c'était un comportement d'homme des cavernes ? Oui, bien sûr. Est-ce que je recommencerais ? Sans hésiter.

Mais ce n'était pas suffisant. En fait, ça avait peut-être été une mauvaise idée. Je devais aller chez Riley ce soir, après mon travail, et lui montrer que je ne pensais pas qu'au sexe. Que j'allais être un partenaire de vie pour elle. Le type qui lui serait fidèle et qui rentrerait à la maison tous les soirs et dormirait à ses côtés.

Mais après avoir vu ce trou du cul avec son bras le long du dossier de son siège ce soir, j'avais peur d'être dans un lit avec elle.

Peur d'arracher ses vêtements avec mes dents et de la baiser jusqu'à ce qu'elle crie mon nom assez fort pour réveiller tout le quartier. Et c'était ce dont je me savais capable.

Et même si ce scénario avait un charme fou, je ne

pensais pas qu'il l'aiderait à comprendre ce que j'attendais d'elle.

Elle voulait que je la dépucelle.

Mon dieu, j'en mourrais d'envie. Et j'allais le faire.

Mais je ne voulais pas qu'elle pense qu'il ne s'agissait que de sexe. Je ne voulais pas qu'elle pense que j'étais un coureur de jupons. J'avais besoin qu'elle comprenne que je la voulais pour toujours. Sauf que la doigter dans les toilettes n'était qu'un exemple de mon côté bestial. Ça avait été loin d'être tendre.

Alors, même si je détestais cette idée, il valait mieux que je reste loin d'elle ce soir. J'avais besoin de me rendre à ma cabane et de lâcher mon loup pour qu'il puisse courir. Je devais me débarrasser de cette agressivité et de cette jalousie, afin de pouvoir réfléchir à nouveau. Et comme je savais que je l'avais fait jouir et qu'elle avait rejoint ses amis avec une culotte mouillée et un sourire béat laissant penser qu'elle venait d'être bien baisée, j'avais apaisé, en quelque sorte, mon loup. Pour l'instant.

Pour autant, il fallait que je lui fasse comprendre que je n'en avais pas fini avec elle. J'avais à peine respecté les limites concernant le fait qu'elle avait des copines, mais il fallait que je lui fasse comprendre qu'elle était toujours à moi. Comme si l'orgasme que je lui avais donné dans les toilettes n'avait pas été un rappel suffisant.

Je sortis mon téléphone et lui envoyai un texto.

Demain ? Tu m'appartiendras.

Les trois points apparurent comme si elle allait répondre, mais elle ne le fit pas.

Putain. Je lui envoyai un autre message.

> Dis-moi que tu comprends.

Encore une longue attente pour sa réponse. Finalement, un message arriva :

> Je travaille à l'école maternelle de huit heures à cinq heures. On se retrouve après ?

Après. Ce seul mot était ce qui avait empêché mon loup de me forcer à retourner au bowling et de la kidnapper à nouveau. Pour l'attacher à mon lit. Pour l'éloigner des Pete du monde entier.

> Après.

> Est-ce que je viens au bar ?

Je souris comme un imbécile.

> Oui. et je m'occuperai de toi.

Je regardai fixement ce que j'avais écrit, puis j'ajoutai quelques mots.

> Oui. et je m'occuperai de toi, plusieurs fois.

Il ne me restait plus qu'à attendre le lendemain.

12

RILEY

J'ÉTAIS le genre de fille qui mourait d'envie d'être adulte depuis l'âge de dix ans. J'étais sûre que cela était lié au fait que ma mère était partie quand j'étais si petite. Je n'avais pas envie de grandir pour partir de chez moi, comme certains jeunes. C'était plutôt parce que j'essayais de prendre la place de ma mère. Je voulais prendre sa place (ou du moins celle d'une *vraie* mère) et créer ce foyer que je n'avais jamais eu. Je voulais fonder ma propre famille, avec une mère (moi) et un père. Avec des enfants. Des vacances. Des matchs de foot. De la danse classique. Des leçons de natation. Tout cela. Je voulais être là pour mes enfants lorsqu'ils rentreraient de l'école. Préparer des biscuits pour toutes les fêtes.

Au lieu de ça, puisque ma mère était partie, il n'y avait

eu que mon père et moi. Pas de gâteaux fait maison. Pas de câlins de maman. Une fois adulte, je pourrais faire ce que je voulais et ne pas me contenter de rester sur la touche.

La satisfaction de pouvoir aller dans un bar avant d'avoir vingt et un ans allait donc au-delà du désir de faire la fête qu'éprouvaient tous les jeunes. J'avais la sensation d'être enfin arrivée à mon but. Je venais de franchir la ligne d'arrivée vers l'âge adulte que je visais depuis mon enfance.

Peut-être que le fait qu'un homme m'ait dévoré la chatte en faisait aussi partie. Oh... et me doigte dans des toilettes publiques. Surtout quand l'homme en question était le propriétaire du bar. Et qu'il me désirait.

Ses messages de la veille avaient été insistants. Possessifs. Coquins.

J'avais aimé chacun d'entre eux.

Chaque minute passée au travail m'avait semblé durer cinq minutes, mais le moment était enfin venu. Je venais de franchir la porte du Cody's Saloon vêtue d'un tee-shirt court, d'une mini-jupe et de bottes de cow-girl, comme si j'étais chez moi.

Et (oh mon Dieu) si Cody et moi nous mettions vraiment ensemble, ce serait en quelque sorte le cas.

Mais j'allais trop vite en besogne.

Il avait dit que j'étais sa compagne. Que nos corps étaient faits l'un pour l'autre, ou quelque chose comme ça, mais j'avais été trop enivrée par sa présence pour poser des questions. Pas seulement sa présence. Sa bouche et ses doigts. Comme il l'avait dit, j'avais été trop ivre, trop repue par tous mes orgasmes. Mais sinon, je n'avais aucune idée de ce qu'il voulait réellement dire.

J'en avais déduit que nos corps étaient super compatibles, donc j'avais pensé qu'il ne s'agissait que de sexe. Puis il avait refusé de prendre ma virginité.

Tout cela ressemblait à un rêve confus, et je me demandais si je n'avais pas tout imaginé. Comment un type comme Cody pouvait-il suivre une fille dans les toilettes et la faire jouir... et puis plus rien ? Après tout ce que nous avions fait jusqu'à présent, ce qui n'était pas grand-chose mais beaucoup à mes yeux, je n'avais toujours pas vu, touché ou sucé sa bite. J'étais déjà sortie avec des garçons auparavant. Matt m'avait demandé de sortir avec lui. J'avais dit oui. Nous étions allés chercher une glace au Sweet Cow seasonal drive in. J'avais compris sa technique. J'avais su quand il m'avait embrassée et qu'il m'avait dit que je n'étais pas douée pour ça, que c'était fini.

Je n'avais pas apprécié l'expérience et tout avait été très clair.

Avec Cody ?

Tout était *déroutant !*

Dès que j'avais franchi la porte d'entrée de son bar et que je l'avais aperçu, ses yeux s'étaient braqués sur les miens. Rien qu'à son regard, j'avais su qu'il était sincère.

Il disait la vérité. Ce qu'il y avait entre nous était réel. Je l'avais vu à l'intensité de son regard. À la manière dont ses yeux brillaient d'une lumière ambrée, même de l'autre côté du bar, comme si j'avais entrevu son loup tapi sous toute sa masse musculaire.

Une demi-douzaine d'hommes regarda également dans ma direction. Je devais ressembler à de la viande fraîche, en tenue sexy, jeune, et pas une habituée. Je reconnus certains visages. C'était une petite ville et papa était shérif adjoint. Mais là, il y avait des adultes, pas des enfants. C'était... différent.

Un homme me sourit en s'approchant. Il vint se planter devant moi.

— Hé, ma jolie, je ne t'ai jamais vue ici.

Moi non plus, je ne l'avais jamais vu auparavant. Il n'avait pas l'air flippant, et je réalisai que c'était comme ça que les adultes se draguaient entre eux. Dans les bars. Avec des échanges de ce type.

— Non, répondis-je avec un sourire factice, espérant qu'il allait aller chercher quelqu'un d'autre avec qui passer du bon temps.

Bien sûr, Cody remarqua ce qui se passait. Du coin de l'œil, je vis ses muscles se contracter et il lança un regard noir au type. Puis, il sortit en trombe de derrière le bar et écarta le type de son chemin en lui donnant un coup d'épaule. Enfin, il tapa plutôt son corps dans le type parce que ce dernier se retrouva bousculé et recula de trente centimètres, renversant sa bière par la même occasion. Une main possessive s'enroula autour de ma taille.

— Elle est prise, dit Cody au type en gardant les yeux sur moi.

Il baissa le menton, croisa mon regard et attendit que le type s'en aille, ce qu'il fit.

— Riley.

C'était comme si la confrontation n'avait jamais eu lieu. Ou comme s'il venait d'uriner autour de moi et le type en question avait compris que je ne cherchais pas à m'amuser avec quelqu'un d'autre que Cody. Comme au bowling, mais beaucoup moins subtilement.

Bon sang. J'adorais ce que je ressentais. Être revendiquée par un homme possessif. Par le très sexy propriétaire du bar le plus populaire de Cooper Valley. Un homme plus âgé que moi.

— Tu es magnifique.

Il se pencha vers moi comme pour m'embrasser, mais sembla y renoncer et jeta un rapide coup d'œil autour de lui avant de me conduire, avec sa large main posée délicatement sur le bas de mon dos, vers un tabouret du bar. Avant que je ne puisse monter dessus, il me souleva par la taille, comme si je ne pesais rien, et m'installa délicatement sur le siège.

Donc. Ces muscles n'étaient pas juste pour la forme.

— Tu frimes ? murmurai-je.

— Absolument, grogna-t-il en guise de réponse. Ça marche ?

Il me fit un clin d'œil avant de faire le tour du bar, puis s'appuya sur ses avant-bras juste devant moi.

Son regard se posa sur le mien. Ce regard qui me faisait craquer. Ce regard ténébreux. Son intensité. Comme s'il pouvait voir au-delà de ma façade « je suis une adulte » et voir la jeune fille nerveuse. La vierge inexpérimentée. Et qu'il me voyait, *moi*.

— Je suis content que tu sois venue, ma belle.

Je rougis parce que je me souvenais de ses messages de la veille.

Mes joues devinrent brûlantes. Je ne pus m'empêcher de sourire.

— C'est un bel endroit, ici, commentai-je, essayant de ne plus penser au sexe.

Il sourit. Je me pâmais.

— J'oublie que tu n'es jamais venue ici.

Je haussai les épaules.

— Tout le monde me connaît à Cooper Valley, ou du moins sait que je n'ai pas vingt et un ans. Il est impossible que mes amis et moi allions boire un verre. Je ne peux pas franchir la porte du bar avant que quelqu'un ne le dise à mon père.

J'avais l'impression d'avoir treize ans, d'aller à une soirée dansante au collège et de fumer une cigarette en cachette.

— Désolée, je ne voulais pas parler de lui, marmonnai-je.

Il hocha la tête.

— De ton père ? Pourquoi tu ne veux pas ?

— Je parie que les autres femmes avec qui tu sors n'ont pas à faire face à un père autoritaire qui possède une arme.

— Exact.

— Cody !

Quelqu'un venait de crier son nom depuis l'arrière du bar.

Cody se leva et tourna la tête. L'autre barman croisa son regard. Il y avait une longue file d'attente de gens qui attendaient d'être servis. Il hocha la tête avant d'attraper un verre, de le remplir de glace dans le bac situé sous le bar, puis de le remplir de soda.

— Je dois aller servir des bières.

— Qu'est-ce que tu veux manger ? Un hamburger ? me demanda-t-il avant de poser le verre devant moi.

Je hochai la tête. Ça avait l'air très bon. Après une journée passée avec des enfants en bas âge, j'avais envie d'autre chose que de bâtonnets de carottes et des crackers en forme d'animaux.

— Avec du fromage ? Des frites ? demanda-t-il.

— Oui, s'il te plaît.

Il appuya ses doigts sur le comptoir et ajouta :

— Reste ici, ma belle.

Pendant la demi-heure qui suivit, je regardai Cody travailler tout en mangeant mon repas. Il remplissait des pichets et versait des shots. Il encaissait l'argent et bavardait. Il était sociable et calme, même dans l'atmosphère survoltée du bar. Quand il y avait beaucoup de clients, il restait concentré, prompt à plaisanter ou à sourire. Il jetait souvent un coup d'œil dans ma direction, comme pour vérifier que j'étais toujours là. Un type commença à me parler, mais Cody vint se placer devant nous.

— Va voir ailleurs, Paul. Elle est prise.

Prise.

Je ne saurais dire si ce fut ce mot, son regard noir ou sa voix grondante qui amena Paul à incliner son chapeau de cow-boy dans ma direction et à s'enfuir, effrayé. Ils avaient un effet différent sur moi. Cette autorité faisait mouiller ma culotte et mes tétons pointaient. Soit le type précédent et Paul étaient des hommes faibles, soit Cody était tout simplement possessif, soit les deux, mais je commençais à voir le genre d'homme qui m'attirait. Qui m'excitait.

— Hé, champion. Ça fait longtemps.

Je clignai des yeux et réalisai que je n'étais pas la seule à avoir les tétons qui pointaient. La femme qui s'était approchée du bar et mise à côté de moi portait un t-shirt moulant, assez moulant pour que je sache qu'elle pourrait nourrir ses bébés sans problème avec des seins énormes et des tétons bien durs. Elle aurait pu crever l'œil de quelqu'un avec ces trucs.

Je réalisai aussi que c'était à Cody qu'elle parlait. À son tour, elle posa ses avant-bras sur le bar, ce qui testa encore davantage l'élasticité de son tee-shirt. Elle savait incontestablement ce qu'elle faisait.

Je ne pus m'empêcher de lever les yeux au ciel, puis de lui donner raison. Si elle avait le corps pour ça, autant en profiter. Mais Cody ?

— Salut Tessa.

Cody essuya le dessus du bar et déposa un sous-verre.

— Un spritzer vin ?

Elle lui adressa un sourire éclatant.

— Tu te souviens de ce que j'aime. Je me souviens aussi de ce que tu aimes.

J'étais peut-être encore une enfant, car j'eus envie de me tordre de rire. Et de lui arracher les yeux. Il était clair qu'ils avaient déjà couché ensemble. Il avait fait avec elle des choses qu'il n'avait pas faites avec moi.

Oh, merde.

Je posai mon hamburger sur mon assiette et m'essuyai la bouche avec ma serviette. Est-ce qu'il lui avait aussi fait un cuni ?

Je jetai un coup d'œil à son corps svelte et au short en jeans moulant à la Daisy Duke qu'elle portait. Une pièce de vingt-cinq cents aurait pu rebondir sur ses fesses. Et ses jambes... longues et toniques. Elle était belle, pleine d'audace, visiblement expérimentée... et elle avait l'âge de Cody.

Ils avaient probablement beaucoup de choses en commun. Tout à coup, je me sentis comme une petite fille dans le placard de sa mère, essayant ses chaussures à talons hauts et son maquillage. Je n'étais pas féroce. Je ne pouvais pas regarder cette femme de haut et grogner « *il est pris* ». Elle m'arracherait probablement les yeux avec ses faux ongles qui ressemblaient à des serres. Bien sûr, j'avais l'impression d'avoir été prise par Cody, mais lui, était-il pris par moi ?

Cody posa un verre sur le bar, le remplit à un tiers de vin, ajouta de l'eau de Seltz avec le distributeur de soda, puis le posa sur le dessous de verre.

— Tout ce que je propose, c'est le verre.

Son regard se porta sur moi, ce qui amena Tessa à tourner la tête pour me regarder de haut. J'étais plus petite de trente centimètres, assise sur le tabouret.

Elle pencha la tête, ses cheveux blonds bouclés

glissèrent sur son épaule pendant qu'elle me dévisageait. J'ignorais si le fait qu'elle ne m'accorde qu'une seconde ou deux de son temps était une bonne ou une mauvaise chose. Soit elle trouvait que je n'étais pas à la hauteur, soit elle pensait que je ne méritais pas son attention.

Ces deux hypothèses me piquaient au vif.

C'était avec elle que Cody aurait dû être. Pourquoi ne la revendiquait-il pas, *elle* ? Pourquoi ne disait-il pas qu'elle était sa compagne ? Il était évident qu'elle voulait l'être. Est-ce que cette histoire de compagnon me paraissait incompréhensible parce que j'étais jeune et naïve ? Tessa était-elle au courant et souhaitait-elle ce genre de relation ? Avec lui ?

Il semblait bien que oui.

— Tu es sûr ? répondit-elle en ronronnant pratiquement. Je peux te retrouver dans la réserve encore une fois si tu veux.

— Pas la peine, Tessa. J'ai ce qu'il me faut.

Son regard se dirigea vers ma bouche et revint à mes yeux. Puis, il me fit un clin d'œil.

Tessa se tourna à nouveau vers moi et m'étudia un peu plus attentivement cette fois-ci.

Ses faux cils papillonnaient pendant qu'elle plissait les yeux. Bon, il était temps de partir. Il avait peut-être été facile de franchir la porte d'entrée, mais maintenant, j'étais en train de jouer à l'adulte.

— Merci pour le burger, Cody, lui dis-je en me levant du tabouret. Il faut que j'y aille. Je dois être au travail tôt demain.

Tessa renifla.

— Oui, tu devrais probablement déjà être au lit, tu ne crois pas, ma jolie ?

— Tessa, l'avertit Cody. On se voit plus tard, Riley.

Il avait l'air soucieux, comme s'il était peut-être d'accord sur le fait que j'étais trop jeune.

C'était tout. *On se voit plus tard*. Comme pour se débarrasser de moi. J'avais déjà entendu cette phrase dans la bouche de Matt et Ethan. Je savais que cela signifiait qu'il ne me verrait certainement pas plus tard.

Un petit sourire se dessina sur le visage de Tessa. Celui de la victoire. Du succès.

Elle avait gagné, c'était certain. Elle ne savait pas qu'il n'y avait pas eu vraiment de concurrence. Car je ne doutais pas qu'elle parviendrait à ses fins, qu'elle amènerait Cody dans la réserve et qu'il dirait qu'elle était sa compagne avant la dernière tournée.

13

CODY

Tessa Jones venait d'essayer de mettre Riley mal à l'aise.

Et ça avait marché, putain. Et ça me tuait. Riley était entrée dans le bar avec un air plus rayonnant que le soleil, et elle s'était éclipsée comme un ballon crevé.

J'aurais dû faire quelque chose pour arranger les choses avant qu'elle ne parte, mais le commentaire de Tessa m'avait fait l'effet d'une gifle.

Je me rendis compte de ce que les humains de cette ville allaient nous faire subir, à Riley et à moi, lorsqu'ils se rendraient compte que nous étions en couple. Et ceux qui ne feraient pas de commentaires parleraient dans notre dos. Que diraient-ils ?

Que je l'avais prise au berceau ? Que Riley avait des problèmes par rapport à l'image du père ?

En parlant de son père, *j*'allais avoir des problèmes avec le père de Riley quand il aurait vent de tout ça. Je n'avais pas peur de ce type, et je gérerais cette situation.

Personnellement, je n'en avais rien à foutre de ce que les gens disaient de moi, mais tout ce qui dérangerait Riley allait me faire voir rouge. Je voulais la protéger de tout ça. De toutes ces conneries. Et ça avait déjà commencé.

Je partis du bar dès que le rythme se calma un peu, et j'étais sûr que Jimmy, mon barman, pourrait gérer la situation sans moi.

— Tu feras la fermeture ce soir, lui dis-je.

— Pas de problème, boss.

Je montai dans mon pickup et me rendis directement chez Riley.

La maison de sa grand-mère était plongée dans l'obscurité. Cela ne faisait qu'une heure ou deux qu'elle était partie, mais il semblait qu'elle était déjà allée se coucher. Il était plus de minuit. J'avais l'habitude de me coucher tard, mais ce n'était pas le cas de tout le monde. Les écoles maternelles ne commençaient pas à vingt et une heures, ce qui signifiait que puisque Riley travaillait demain, elle devait se lever tôt.

Je me garai au coin de la rue, pour que personne ne voie mon véhicule devant chez elle, et je me dirigeai vers sa porte. J'avais mémorisé le code de la veille, je le composai et entrai tranquillement.

Mon loup se détendit dès que j'entrai. Le fait d'avoir son odeur dans les narines apaisait l'agressivité que j'avais ressentie depuis son départ. Le fait de savoir qu'elle était proche de moi apaisait le besoin irrépressible que j'avais de la toucher à nouveau.

Je retirai mes bottes près de la porte, déposai mon chapeau sur une chaise et montai en chaussettes jusqu'à sa chambre.

Oh, putain. Putain, c'était trop mignon. Avec ma vision de métamorphe, je pouvais la voir parfaitement dans l'obscurité.

Riley avait un air angélique dans son sommeil. Recroquevillée sur le côté, ses boucles brunes étaient étalées sur l'oreiller, elle était trop belle pour être dérangée.

Pendant un long moment, je restai à la regarder, complètement captivé.

Puis elle soupira et fronça les sourcils.

Je baisai rapidement la fermeture de mon jean et l'enlevai d'un coup de pied, puis me débarrassai de ma chemise de cow-boy. Je soulevai doucement les couvertures et grimpai dans le lit à côté d'elle, seulement vêtu d'un caleçon.

Elle prit une grande inspiration, se réveilla en sursaut, et son coude se retourna vers mon visage.

Je le rattrapai à temps et gloussai.

— Tu as un bon instinct, ma belle. Un coup de tête hier, un coup de coude aujourd'hui. Tu sais te défendre. J'adore ça.

— Cody ? Elle se redressa, clignant des yeux dans l'obscurité.

— Oui, c'est moi, bébé.

Je la ramenai vers le matelas et enroulai mon corps plus long autour du sien, en cuillère.

— Tu croyais que j'allais te laisser dormir seule après ton départ au bar ?

Elle se blottit contre moi, son cul tout doux entrant en contact avec mes couilles très pleines. Est-ce qu'elle faisait exprès de se tortiller ?

— *Mon départ* ? Sa voix était endormie. C'était adorable.

— Ça m'a tué que tu partes. Surtout avec Tessa qui a été si impolie avec toi. Je remontai une main sous son débardeur moulant et la posai sur un sein. Putain, c'était bon. Doux, moelleux, ma main était remplie.

— Ma belle, je suis désolé de ce qui s'est passé.

Elle laissa échapper un soupir de plaisir en arquant son dos, se pressant contre ma caresse.

— Comment es-tu entré ? Oh, tu t'es souvenu du code. Pourquoi es-tu ici ?

Elle venait de répondre à sa propre question. Elle s'étira et ses jambes s'allongèrent jusqu'à ce que ses pieds s'emmêlent dans les miens.

Quoi ?

Je lui effleurai légèrement le mamelon.

— Pourquoi suis-je ici ? Je dois me rattraper, ma belle, après Tessa. Et pour que tu saches que c'est moi qui vais te tenir chaud la nuit à partir de maintenant.

Après la course d'hier soir, mon loup et moi avions décidé de ne plus rester loin d'elle. Elle voulait sortir avec ses copines, je serais dans son lit après. Elle voulait s'éclipser de bonne heure du bar, je rentrerais à la maison plus tard.

— Vraiment ? Sa voix prit un air taquin.

Tant mieux. La douleur s'estompait. Je pressai mon visage contre son cou et la mordillai.

— Mmm hmm.

— Alors tu es là pour le sexe ?

Elle n'avait pas l'air offensée.

Pas du tout. J'aurais même dit qu'elle était plutôt intéressée.

Ma bite bondit dans mon boxer, et j'étais persuadé qu'elle la sentait.

Tout doux, bonhomme. J'étais là pour la faire tomber amoureuse, pas pour la baiser. *Bon sang !* Il ne fallait *pas* que je pense à la baiser. Surtout avec l'attraction de la lune presque pleine. C'était de la torture de ne pas la revendiquer ici et maintenant.

— Je suis venu passer la nuit avec toi dis-je. Pour te prendre dans mes bras.

— Me prendre dans tes bras ? C'est *ça* que tu veux faire ? demanda-t-elle.

Je soufflai.

— Non. Mais il est trop tôt pour que tu comprennes ce que je veux exactement.

Mon loup salivait d'impatience à l'idée des choses dégoûtantes que j'avais en réserve pour Riley. Pour plus tard.

— Je peux comprendre, répliqua-t-elle.

— Tu es inexpérimentée, lui rappelai-je. Il faut y aller mollo.

— Mollo comment ? demanda-t-elle.

— Tu veux savoir ?

Elle posa sa main sur la mienne, au-dessus de son sein.

— Mon Dieu, oui.

Il semblait que ma compagne aimait les conversations coquines.

C'était bon à savoir.

— Une fois que j'aurai pris ta fleur, que j'aurai moulé ta chatte à ma bite, je la prendrai à n'importe quel moment. N'importe où.

— Mmm, dit-elle en commençant à balancer son bassin contre le mien.

Putain, c'était une mauvaise idée.

— Quoi d'autre ? dit-elle en ronronnant presque.

Merde. J'allais jouir dans mon boxer comme si c'était *moi* qui n'avais pas d'expérience.

— J'aime que ce soit brutal, admis-je. J'ai besoin que ce soit... sauvage.

— Comme quand je me suis enfuie ?

Je ne pus empêcher le grognement qui sortit de ma poitrine en me souvenant.

— Comme ça, mais je te plaquerai au sol. Te mettrai à genoux et te baiserai. Je te donnerai une fessée parce que tu te seras enfuie, puis je te ferai jouir sur ma bite.

— Cody, dit-elle en gémissant pratiquement.

Je bougeai les hanches pour me donner de l'espace. Son

cul était trop parfait, sa chatte trop chaude et humide pour que je lui résiste.

— Ça suffit, grognai-je. Bientôt. Nous ferons tout ça bientôt. Ce soir, je vais te faire jouir parce que tu as été très sage. Mais tu dois te lever tôt.

— Tu veux dire que tu vas enfin me dépuceler ?

Elle se retourna dans mes bras pour me faire face.

Je grognai intérieurement :

— Pas ça !

Elle me poussa légèrement avec sa poitrine, ce qui ne réussit qu'à la faire reculer et à l'éloigner de moi. Je passai mon bras autour de sa taille et la ramenai vers moi.

— Pourquoi pas ? demanda-t-elle.

— Pas encore, ma belle. Ma main parcourut sa hanche et remonta jusqu'à sa taille.

— Tu viens de me dire que tu voulais me baiser par derrière dans un champ, et maintenant tu ne veux pas le faire ?

— Chaque centimètre de moi *veut le faire,* répliquai-je. Tu ne sens pas à quel point je bande pour toi ? Putain, je pourrais enfoncer des clous avec ma bite là maintenant.

— Alors pourquoi tu ne veux pas ?

— Je dois m'assurer que nous sommes sur la même longueur d'onde, ma belle.

Elle ne répondit pas, ce qui me tracassait. Beaucoup.

Finalement, elle expira et dit :

— D'accord. Pas de sexe.

Elle cessa de parler. À ce moment-là, j'aurais aimé que

les métamorphes puissent lire dans les pensées comme Marion le faisait.

— Je ne sais pas comment tu fais pour te contrôler. Ça n'a pas de sens. C'est ton loup qui est prude ?

J'éclatai de rire.

— Je t'ai dévorée alors que tu étais attachée à mon lit et je t'ai doigtée dans des toilettes publiques. Tu penses que c'est être prude ?

Je roulai sur le dos et l'attirai sur moi pour qu'elle se mette à califourchon sur moi. Je fis glisser ma main jusqu'à ce qu'elle touche une fesse parfaite. Douce. Ferme. *Parfaite.*

Je savais ce qu'elle verrait en me regardant. Mon loup était juste à la surface, hurlant du désir de la revendiquer. Ces paroles coquines et la façon dont elle avait réagi m'avaient amené au bord du gouffre. Même ses propos de novice sur le fait que mon loup était prude.

— Regarde mes yeux, ma belle. Est-ce que j'ai l'air humain pour toi ?

Elle poussa un petit cri. J'étais certaine que mon loup se manifestait, faisant passer mes yeux du brun à l'ambre, comme ils le faisaient lorsque j'étais en colère ou excité. Et à cet instant précis, j'étais plus qu'excité.

Surtout quand ma compagne était si belle avec ses seins qui débordaient dans son petit haut tout fin.

— Non, approuva-t-elle.

— Je suis un loup, bébé. Et mon loup veut te revendiquer parce que tu es sa compagne. Ce qui signifie que je ne te baiserai pas tant que tu ne seras pas totalement prête. Jusqu'à ce que tu n'aies plus de questions. Ça ne veut pas dire que je ne te ferai pas jouir, parce que c'est mon rôle maintenant, mais on va attendre.

Je lui saisis les fesses pour qu'elle ne bouge pas. Bon sang, la sentir se tortiller sur ma queue me rendait fou. Ma bite était si dure que je craignais qu'elle ne se brise.

— C'est quoi la différence ?

Sa voix était rauque et pleine de désir.

Elle pensait que le fait de la revendiquer signifiait faire l'amour.

C'était le cas, bien sûr. Mais c'était bien plus que cela.

— Te revendiquer signifie que tu es la femme de ma vie. Que ce sera pour toujours, ma belle, lui expliquai-je. C'est mon destin. Je sais déjà que tu es celle qu'il me faut. Mais je dois encore te prouver que je suis l'homme idéal pour toi.

Elle passa ses mains sur mon torse, explorant mes muscles.

— Tu dis que c'est pour toujours ?

J'avais beaucoup de mal à me concentrer à cause de la douceur de ses caresses.

— Oui. Je sais que c'est probablement difficile à comprendre, et j'ai rendu les choses encore plus compliquées. J'admets que t'avoir droguée, kidnappée et ligotée n'était pas la meilleure approche.

Je soupirai, remerciant ma bonne étoile qu'elle ne soit pas en train de paniquer. Qu'elle soit... intriguée. Elle avait envie de moi. Elle avait envie de tout ça. Je n'aurais pas été dans son lit autrement. La question était de savoir si elle comprenait ce que *toujours* signifiait ? Les humains avaient le mariage, avec des promesses de vie éternelle, mais il y avait aussi le divorce. Une porte de sortie.

Avec les métamorphes et une revendication, il n'y avait pas de porte de sortie.

— Tu es à moi, mon cœur. Je ne pensais pas trouver un jour ma compagne prédestinée. Et maintenant... la pulsion psychologique est intense. Crois-moi, j'ai du mal à me retenir de te baiser. Mais cette chatte est trop belle pour que je renonce à la goûter à nouveau.

Je ne pouvais m'empêcher de lui parler de tout ça, même si je savais que ce n'était pas un signe de réconfort pour ma compagne prédestinée.

Avec facilité, je saisis ses hanches et lui arrachai son minuscule short de pyjama, que je jetai sur le côté. Elle sursauta de surprise devant ma précipitation et mon empressement à la mettre à nu, mais une note d'excitation apparut dans ses yeux. Elle aimait que je sois sauvage, ce qui était une bonne chose car je me retenais.

Il le fallait. Pour l'instant.

Mais cela ne signifiait pas que je ne pouvais pas la faire vibrer. Je la soulevai de mon corps pour qu'elle soit à cheval sur ma tête. Elle s'accrocha à la tête de lit d'une main pour garder l'équilibre et se mettre en place confortablement.

— Cody !

Ses yeux surpris et amusés me fixaient. Son regard était un mélange de curiosité, d'intérêt et d'amusement, ce qui avait un effet fou à l'intérieur de ma poitrine.

— Assieds-toi sur mon visage, ma belle.

Sa bouche s'ouvrit et forma un O parfait pour ma bite. *Merde. Plus tard. Elle me sucerait une autre fois.*

— Cody.

Quand elle hésita, je la soulevai, pour pouvoir la lécher de son trou du cul à son clitoris.

— CODY !

C'était le moment ou jamais de lui apprendre subtilement qu'aucune partie d'elle n'était interdite. Elle avait plus d'un trou vierge, et je les prendrais tous.

Putain, elle avait bon goût. Suave et épicée, à l'image de sa personnalité. J'aurais passé ma vie entre ses cuisses si j'avais pu.

Elle se mit à haleter quand je la léchai, écartant les replis de son sexe avec ma langue. Je suçotai ses lèvres, passai ma langue à l'intérieur. Je la pénétrai avec ma langue.

Finalement, elle posa son poids sur moi, faisant osciller ses hanches d'une manière qui lui permit de dégouliner dans ma barbe.

— Mon Dieu, oui.

Je passai la langue sur son clito et introduisis lentement un doigt à l'intérieur de son petit trou serré.

— Cody...

Bon sang, le petit gémissement qu'elle émit me fit presque jouir dans mon boxer. Un seul doigt avait du mal à passer. Elle allait étrangler ma bite quand le moment serait venu.

— C'est ça, ma belle, insistai-je, mon souffle effleurant

sa chair gonflée. Bouge tes hanches pour moi et montre-moi combien tu aimes ça.

Je fis des mouvements de va-et-vient tout en faisant tournoyer ma langue autour de son clitoris.

Elle se contracta autour de mon doigt, haletant, et ses cuisses se tendirent et tremblèrent autour de mes épaules.

— Sois une gentille fille. Jouis pour moi, ma belle, lui dis-je en posant mes lèvres sur son minuscule petit bouton que je suçai avec insistance.

Riley hurla, ses muscles palpitant autour de mon doigt, ses cuisses se resserrant autour de ma tête.

Je cessai de bouger le doigt et laissai ses vagues de plaisir déferler en elle. Elle tremblait, haletait et criait.

J'arrêtai d'aspirer autour de son clito et le caressai doucement avec ma langue.

— C'est ça, Riley. Bravo, je ne me lasserai jamais de toi, la félicitai-je en la repoussant doucement pour qu'elle puisse à nouveau s'étaler sur mon torse.

Je la serrai dans mes bras en me léchant les lèvres, savourant son goût.

— Il est tard. Il faut que tu dormes.

Elle releva la tête.

— Quoi ? C'est tout ?

— Dors, ma belle. Tu as du travail et des cours demain matin. Je te ferai encore hurler toute la nuit demain.

Elle se dégagea de ma poitrine et descendit le long de mon corps pour se mettre à califourchon sur mes genoux. Ses petites mains se dirigèrent vers le haut de mon boxer et commencèrent à le descendre avant que mon cerveau n'ait le temps de comprendre qu'*elle était en train d'attraper ma bite !*

Je plaçai une main sur la sienne et son regard quitta ma très grosse bite très dure qu'elle venait de sortir pour croiser le mien.

Elle était au-dessus de moi, ses lèvres pulpeuses à quelques centimètres de ma queue, nue à partir de la taille, ses seins à peine couverts par son mince débardeur. Je n'avais jamais rien vu d'aussi parfait de toute ma vie.

— Apprends-moi à te sucer.

14

RILEY

Il RESTA silencieux pendant quelques secondes, suffisamment longtemps pour que je commence à paniquer. Il était si expérimenté. Est-ce que je m'y prenais mal ? Je croyais que les hommes aimaient les pipes. Est-ce que je...

— Tu veux que je prenne cette bouche vierge, ma belle ? Que je la revendique avec ma bite ?

Je me léchais les lèvres parce que *oui, c'était ce que je voulais.*

Même s'il savait que je n'avais jamais fait de fellation auparavant, je n'allais pas lui dire que c'était la première fois que je voyais une bite. J'en avais déjà vu dans des films pornos et sur des photos, mais pas dans la vraie vie. Surtout pas sur un mec aussi beau que Cody. Je n'avais jamais pensé qu'il y en aurait d'aussi grosses. Ce n'était pas comme le bras d'un bébé ou ce genre de trucs, mais ma chatte se contractait et je me demandais si elle allait pouvoir rentrer. Elle était longue et épaisse et s'incurvait vers son nombril. Des veines saillantes pulsaient sur sa partie inférieure. Et ce gland, ce sommet où une perle de liquide glissait le long de sa peau délicate ? Je n'étais pas sûre de pouvoir en faire le tour avec ma bouche.

Pourtant, j'avais envie d'essayer. Je n'étais plus fatiguée. Ma chatte pulsait et palpitait d'envie d'en avoir plus, mon corps était détendu et satisfait grâce à l'orgasme que Cody m'avait donné. Mais ce n'était pas suffisant.

Je voulais aussi lui donner du plaisir. Moi. Pas Tessa l'allumeuse à gros seins. Moi.

— Oui, dis-je, en me léchant les lèvres.

Se redressant sur ses coudes, il se déplaça vers le haut du lit, de manière à s'appuyer sur les oreillers. Il sourit.

— Il faut que je voie ma belle prendre chaque centimètre de ma bite pour la première fois.

Sa belle.

Je fondais littéralement à l'intérieur.

Il avait dû sentir que je ne savais pas par où ou comment commencer.

— Prends-la en main, me dit-il.

Je me rapprochai de lui, au-dessus de sa bite et en saisis la base.

Il émit un sifflement et ses hanches tressaillirent. Je levai les yeux pour croiser son regard.

— Plus fort. Tu ne me feras pas mal, ma belle.

Je serrai.

— Voilà, c'est ça. Maintenant, lèche ce liquide. C'est pour toi.

Comme un chat, je sortis ma langue et léchai la goutte nacrée. C'était salé et... différent.

— Putain, ma belle. Si tu te voyais.

Un sourire timide apparut sur mon visage en entendant ses compliments.

— Maintenant, prends le gland dans ta bouche. Lèche-le.

J'ouvris grand la bouche et j'obéis, faisant tourner ma langue autour du bout comme une sucette.

Cody grogna, et pendant que je l'avais dans ma bouche, puis je levai les yeux vers lui.

— C'est ça. Regarde par ici. Maintenant, prends-en plus dans ta bouche. Prends ma bite dans ta bouche et retire-la et va de plus en plus profond.

Je baissai un peu la tête, pour prendre un peu plus de sa bite dans ma bouche, puis je me retirai. Je recommençai, un peu plus profondément, puis encore plus jusqu'à ce qu'il touche le fond de ma gorge et que j'aie un haut-le-cœur.

Je retirai ma bouche et me redressai, utilisant le dos de ma main pour m'essuyer la bouche.

Il prit sa bite en main et commença à se caresser, lentement, tranquillement, comme s'il me donnait une petite pause.

— Tu te débrouilles très bien, murmura-t-il. Tu es une bonne petite suceuse de bites. Prête pour plus ?

Ses éloges coquins me firent hocher la tête. Il lâcha sa queue et je repris le flambeau.

Je voulais le faire jouir. Je voulais lui faire oublier Tessa et toutes les autres femmes avec qui il avait été auparavant. Je voulais qu'il perde la tête à cause de ma bouche, de mon corps. À cause de moi.

Je le repris dans ma bouche et, cette fois, j'en pris autant que je pouvais, puis je respirai par le nez. Je me détendis puis j'en repris davantage.

— Putain.

Il prononça seulement ce mot, et souleva les hanches, comme s'il me baisait pratiquement à la gorge. Des larmes coulaient sur mes joues, mais je ne m'arrêtais pas.

— C'est ça, putain. Oui, bravo. Regarde comme tu écartes bien tes lèvres. Tu me prends si profondément dans la gorge.

J'étais tellement excitée à l'idée de faire ça pour lui que j'avais envie de jouir. Je passai la main entre mes cuisses et touchai mon clitoris.

— Bordel, petite fille gourmande. Tu es tellement douée pour ça que je vais jouir dans cette gorge. Avale bien, mon cœur.

Ses hanches se soulevèrent et il m'obstrua la gorge avec chaque centimètre de son membre épais. Les jets de sperme chaud ne semblaient pas s'arrêter, comme s'il avait tout gardé pour que je le goûte.

— Riley. Putain, mon cœur.

Je gémis quand je jouis, un petit orgasme qui me

secoua. Ce n'était pas du tout comme ceux que Cody me donnait, mais avec ce que je venais de faire et sa saveur salée sur ma langue, j'avais l'impression d'être une vilaine fille. Et complètement à lui. Pourtant, nous n'avions pas encore fait l'amour.

15

RILEY

JE ME RÉVEILLAI d'un sommeil profond avec des bruits de voix et l'odeur du café. Toujours vêtue uniquement de mon seul petit haut, j'enfilai mon peignoir avant de me diriger vers la cuisine.

— ...vous arrêter.

Je me figeai juste à l'entrée du salon lorsque la voix de mon père transperça le petit matin comme une lame de couteau. Il ne parlait pas au téléphone. Il parlait à Cody. Qui était torse nu. Un véritable homme-dieu.

Oh, merde.

Cody m'aperçut et tourna la tête. Il me fit un clin d'œil. Cela incita mon père à regarder dans ma direction, lui aussi.

— Riley Jane Abbott, qu'est-ce qui se passe ici ? *Cody*

McIntire ? lança-t-il d'une voix qui résonnait dans tout le premier étage.

— Ne parle pas à ta fille de cette façon, dit Cody.

Oh non, il n'allait pas se transformer en loup, n'est-ce pas ?

— Je parlerai à ma fille comme je l'entends. C'est moi qui commande.

Mon père était un homme impressionnant. Grand et large d'épaules, il faisait de la musculation et se maintenait en forme. Mais il était loin d'avoir la carrure de Cody. Cody était plus grand. Plus large. Plus ténébreux. Plus menaçant, même si ce n'était pas lui qui avait le pistolet de service. Et je ne voulais surtout pas que mon père tire sur Cody. À en juger par les veines de son cou, papa était furieux. *Vraiment* furieux.

— Papa, dis-je en baissant les épaules.

— Ne me fais pas le coup du papa. Je quitte la ville pendant deux jours et... dit-il en me pointant du doigt.

— Le procès est terminé ? lui demandai-je, essayant de l'orienter vers des sujets plus inoffensifs.

Me souvenant que je n'étais vêtue que de mon peignoir, je refermai le devant. Mon père m'avait déjà vue en peignoir. Ce n'était pas un vêtement affriolant, mais j'étais nue, ou presque, en dessous. Et le fait de me rappeler pourquoi j'étais nue, me donnait l'impression d'être très vulnérable.

— Quel cauchemar ! La phase préliminaire du procès a été un calvaire. Il a accepté de négocier, donc ce connard est derrière les barreaux pour les vingt prochaines années.

Avec un peu de chance, ça mettra fin aux menaces et aux appels mécontents de son...

Il s'interrompit, plissa les yeux dans ma direction.

— Jolie tentative de réorientation de la conversation.

Son regard se détourna vers Cody, comme s'il s'agissait d'une crotte de chien dans laquelle il avait marché.

— Si je n'étais pas revenu quand je l'ai fait, je...

— Tu n'aurais pas fait irruption chez ta fille qui est adulte et qui agit comme une adulte, dit Cody.

Si je n'avais pas été en train de paniquer, j'aurais trouvé ironique que Cody accuse papa d'avoir fait irruption dans la maison.

Papa se tourna vers Cody et pointa le doigt dans sa direction.

— Agir en adultes ? Comme baiser avec un quadragénaire ? Bon sang, Cody, on était au lycée ensemble. Tu as fait le tour de toutes les femmes de ton âge qui vivent dans les environs.

Cody n'avait pas l'air de ressentir la honte que je ressentais face aux paroles acerbes de papa.

— Nous n'avons pas baisé, dis-je en utilisant le même mot cru que lui.

Mon père fit volte-face.

— Il ne porte pas de chemise. Ses bottes sont près de la porte. Tu es en peignoir. Vous n'êtes pas en train de jouer au rami ensemble, ça c'est sûr.

— Ce n'est pas ce que tu crois, commençai-je à dire.

Mon père plissa les yeux en me regardant de travers.

— Tu *ne* veux vraiment *pas* savoir ce que je crois.

Puis, il posa les mains sur les hanches et regarda Cody en face.

— Fous le camp d'ici. Si je te vois près de ma fille... dans le même quartier de la ville que ma fille, je te ferai jeter en prison. Ensuite, j'enverrai l'inspection sanitaire dans ton bar. C'est juste ce qui me vient à l'esprit pour l'instant. Tu as baisé ma fille, alors je vais te baiser la gueule.

— PAPA ! criai-je, les larmes aux yeux.

Cody leva la main. La seule fois où il s'était énervé pendant tout ce temps, c'était quand papa m'avait parlé méchamment. Il m'avait défendue.

— Je vais y aller.

— Bien. Va-t'en.

Je n'avais jamais vu mon père aussi en colère.

Cody me regarda, inclina le menton, attrapa ses bottes et sortit par la porte. Sans chemise, pieds nus. J'avais vraiment honte.

Pendant une minute, la maison resta silencieuse, à l'exception de la respiration saccadée de papa.

— Papa... commençai-je à dire.

Il leva la main, me coupant la parole.

— Il ne reviendra pas, Riley.

— Oui, parce que tu l'as menacé lui et son travail.

— Non, parce qu'il a eu ce qu'il voulait. Cody McIntire est un foutu coureurs de jupon, et tu le sais, tout le monde en parle en ville. Je lui ai donné l'excuse parfaite. Maintenant, il n'aura pas à te dire que c'était bien sympa, tu ne te retrouveras pas le cœur brisé.

Je sentis quelque chose sombrer au creux de mon

estomac. Cody était un coureur. J'en avais eu la preuve la nuit dernière au bar. Mais il avait dit que j'étais sa compagne.

Bien sûr, c'était peut-être quelque chose que Cody disait à tout le monde.

Peut-être que je n'étais digne que d'une partie de jambes en l'air, comme disait mon père ?

Mon cerveau se mit à tourner en boucle. Je serrai mes doigts tremblants en poings pour endiguer un sentiment soudain de tristesse et de désarroi.

— Habille-toi et va travailler, me dit-il d'un ton cassant.

Sans un mot de plus, il partit, et pour la première fois de ma vie, sans poser un baiser paternel sur ma tête. En fait, il ne m'avait même pas regardé dans les yeux.

16

CODY

ELLE ÉTAIT AU TRAVAIL. Je ne pouvais pas débarquer dans une école maternelle et lui dire tout ce que je voulais lui dire. La réaction de son père avait été celle que à laquelle je m'étais attendue, c'est-à-dire similaire à une explosion nucléaire.

En ville, j'avais la réputation d'être un coureur, et Kyle Abbott avait la réputation d'être très protecteur à l'égard de sa fille. En réalité, je ne baisais pas *tant de femmes que ça*. Je flirtais juste beaucoup parce que cela me rapportait des pourboires et ne faisait de mal à personne. Mais les gens ne savaient pas cela.

J'avais observé le visage de Riley lorsque son père m'avait crié dessus, le choc et la douleur imprégnant les traits parfaits de son visage. J'avais eu envie de la prendre dans mes bras et de lui dire que tout irait bien. Mon loup en ressentait le besoin et grondait.

Mais si Tessa s'était comportée comme une garce avec Riley la nuit précédente sans aucune confirmation de notre relation, et si son père avait agi comme il l'avait fait, le reste de la ville allait sortir le pop-corn et profiter du spectacle une fois que la nouvelle de notre relation se serait répandue. Je serais capable de gérer cette situation. Je n'en avais rien à foutre. D'ailleurs, une fois que je l'aurais revendiquée, les métamorphes de la ville comprendraient et soutiendraient notre union.

Mais il ne fallait pas que quelqu'un regarde Riley de travers, ou même pense, quelque chose de négatif à son encontre. La ville serait décimée, *par moi,* si c'était le cas.

Je devais lui envoyer un message. M'assurer qu'elle allait bien.

> Ma belle, ça va ? Je suis désolé pour ce matin. Ton père va finir par s'y faire.

Après quelques minutes, elle n'avait toujours pas répondu.

Putain ! Elle travaillait. Peut-être que son téléphone était éteint.

Ou peut-être qu'elle était furieuse que je sois partie. Ou blessée.

Ou elle avait honte de ce qu'elle avait fait avec moi.

Putain, peut-être qu'après mon départ, son père l'avait convaincue de rester loin de moi. Ce serait un très gros problème pour mon loup.

Le doute envahit ma poitrine.

Et si le fait d'être ma compagne était trop stressant pour Riley ? Je ne voulais pas qu'elle souffre de ce que le destin lui imposait. Bordel, est-ce que tout cela était juste pour elle ?

D'habitude, je dormais la moitié de la journée, mais pas aujourd'hui. Je montai dans mon véhicule et me rendis à Wolf Ranch. Je m'étais dit que j'y allais pour faire un rapport à Rob, mais il m'avait vu l'autre soir, et rien n'avait changé. Ou du moins rien pour le bien de la meute.

Il m'avait donné une semaine pour la revendiquer. Son père m'avait pratiquement interdit de la voir. Ça devenait de plus en plus compliqué d'heure en heure.

Un autre problème potentiel était que je devais dire à Tyler ce qui se passait. La dernière fois que nous nous étions vus, j'allais droguer sa copine et l'emmener se faire effacer la mémoire. Entre l'autre après-midi et ce matin, tout avait changé.

Non seulement mon avenir, mais aussi le sien.

Sa pote allait bientôt devenir sa belle-mère, si tout se passait comme prévu. Le problème, c'était que le trajet vers la ligne d'arrivée me paraissait insurmontable.

Peut-être que le fait d'avoir merdé avec le père de Riley m'avait donné envie de m'assurer que je m'occupais un peu mieux de ma propre famille. Cela voulait dire avec Tyler. Je ne voulais pas que quelque chose se mette entre nous. La surprise n'est jamais une bonne stratégie dans ce genre de situation.

Je me garai près du dortoir où Tyler avait emménagé cet

été et vérifiai à nouveau mon téléphone. Toujours pas de réponse de Riley. Je lui envoyai un nouveau message. Il fallait qu'elle sache que ce matin j'étais parti pour que son père se calme, mais je ne l'avais pas quittée, elle.

> Tu es parfaite. La seule femme pour moi.
> Je vais tout faire pour que toi et ton père
> en soyez convaincus.

J'attendis quelques minutes et ne reçus toujours pas de réponse. Je sortis du pickup et mis mon chapeau. Le dortoir était vide, ce qui était logique. Rob ne payait pas les employés de son ranch pour qu'ils restent assis à jouer aux dames quand le jour était levé. Je pouvais aller voir Rob, mais je ne voulais pas voir la tête qu'il ferait quand je lui raconterais les dernières nouvelles.

Au lieu de cela, j'envoyai un nouveau message à ma compagne.

> J'espère que tu ne réponds pas parce que
> tu es occupée au travail, mais je vais faire
> exploser ton téléphone avec mes
> messages jusqu'à ce que je sache que tu
> vas bien.

— Cody ? Boyd Wolf apparut derrière la grange.

C'était un vieux copain de mes débuts sur le circuit. L'ancienne star du rodéo avait, il n'y a pas si longtemps, épousé une doctoresse, une humaine de la ville. En fait, plusieurs hommes du ranch avaient déjà revendiqué des femmes humaines, ce qui me permettait de me convaincre que le destin en avait également choisi une pour moi.

Il était accompagné de Johnny, l'un des plus jeunes employés du ranch, et de Clint, qui vivait en ville avec sa compagne et leur bébé, Lily.

Je levai la main et souris parce qu'ils se disputaient pour savoir quand Lily commencerait à sortir avec quelqu'un. Comme elle n'avait qu'un an, le concept même faisait grimacer Clint.

— Salut, les gars.

Je serrai la main de Clint et de Johnny.

— Ça me fait plaisir de te voir, dit Clint, puis il inclina la tête.

— Je te présente Weston Sparks. Il vient d'une meute du Colorado pour donner un coup de main ici. Il est maréchal-ferrant, mais je jure qu'il sait murmurer à l'oreille des chevaux. À celles du bétail aussi.

Le petit nouveau me sourit et me tendit la main. Il avait des cheveux roux et une barbe qui rivalisait avec la mienne. Sa carrure trapue était probablement bien adaptée au contact avec les chevaux toute la journée.

— On m'appelle Wes. Ne l'écoute pas. Je leur parle fort, surtout lorsqu'ils sont capricieux.

— Cody McIntire. Ravi de faire ta connaissance.

— Nous allons en ville pour le ravitaillement, dit Clint.

Wes inclina son chapeau de cow-boy et suivit Clint et Johnny qui se dirigeaient vers la colline en direction de la maison principale. Il ne faisait aucun doute que Marina avait une liste impressionnante de marchandises nécessaires à son entreprise de pâtisserie en pleine expansion.

— J'ai entendu dire que le destin t'avait joué un tour, dit Boyd une fois qu'ils furent partis.

Je cherchai Tyler du regard.

— Tu en as entendu parler ? Tyler est au courant ?

Il secoua la tête.

— Rob me l'a dit en toute confiance. Tu ne l'as pas encore dit à Tyler ?

Je gémis et retirai mon chapeau pour me passer les doigts dans les cheveux.

— Non. C'est pour ça que je suis ici. Je ne voulais pas qu'il l'apprenne en ville. Je ne sais pas comment il va le prendre. Un truc du genre, « Salut, ta pote de lycée va devenir ta nouvelle belle-mère », ça ne me semble pas être une nouvelle très réjouissante annoncée comme ça.

Boyd me donna une tape sur l'épaule.

— Il comprendra. Et s'il ne comprend pas maintenant, il comprendra quand il aura trouvé sa compagne, ou s'il a la chance de la trouver un jour.

Je gémis à nouveau.

— Ce n'est pas rassurant. S'il ne trouve pas sa compagne avant mon âge, il me détestera pendant plus de vingt ans.

Il éclata de rire, pensant que je plaisantais. J'étais sérieux.

— Si tu veux faire un tour à cheval, je sais où Tyler se trouve ce matin. Il fait l'inspection des clôtures.

— Merci.

Je suivis Boyd jusqu'à la grange et il me tendit une selle.

— Je te présente Bella, dit-il en ouvrant la porte de la stalle d'une jument pinto. Tu peux la prendre.

Je sortis Bella de sa stalle et la sellai. J'étais peut-être propriétaire d'un bar en ville, mais je savais me débrouiller avec un cheval.

— La vraie question n'est pas de savoir comment Tyler va le prendre, mais comment Riley gère la nouvelle, précisa-t-il. J'imagine que ça fait beaucoup à digérer pour une humaine de son âge.

Boyd sella un alezan et conduisit l'étalon hors de l'écurie.

Je le suivis avec la jument.

— Ne m'en parle pas. Et puis il y a son père qui vient s'ajouter à tout ça. Il m'a surpris chez sa grand-mère ce matin.

Boyd fit un pas en arrière, comme s'il vérifiait que je n'avais pas d'impacts de balles.

— Si on n'a pas besoin de simuler une visite aux urgences, c'est que tu as bien géré la situation.

Il posa un pied sur le bord d'un abreuvoir et se propulsa sur son cheval.

Je grognai et lui emboîtai le pas pour monter sur Bella.

— Pas du tout. Il n'a pas sorti son arme, mais il a probablement envisagé de le faire au moment même où il menaçait de ruiner mon entreprise. Non pas que je me soucie de tout cela. C'est Riley qui m'inquiète.

Boyd afficha un air compatissant.

— Ouais. Comment l'a-t-elle pris ? Ils sont assez proches, non ?

— Oui, sa mère a quitté sa vie, et Cooper Valley, quand elle était petite, alors il n'y a qu'elle et son père. Elle ne l'a pas bien pris.

Je vérifiai à nouveau mon téléphone.

— Et elle ne répond pas à mes messages.

D'habitude, je n'étais pas le genre de crétin qui prenait son téléphone quand il était au milieu d'une conversation, ou d'une balade à cheval, mais je ne pus m'en empêcher.

— Attends, je vais lui en envoyer un autre.

Ignorant le gloussement de Boyd, je tapai mon prochain message. Il trouvait peut-être ma situation amusante, mais je me souvenais de la fois où il avait dû cacher sa guérison d'un coup de corne de taureau à Audrey, qui l'avait soigné après l'accident. Tout ça avant de se rendre compte qu'elle était sa compagne.

Tu es ma femme. La seule pour moi.

— Bon sang, elle te tient par les couilles, on dirait ? Boyd encouragea son cheval à avancer sur un sentier bien marqué le long de la clôture.

— Va te faire foutre. Tu sais ce que c'est. Au moins, ta compagne n'a pas grandi dans cette foutue ville. Ma réputation de coureur de jupons est un sacré problème à gérer. Pas seulement avec Riley, mais avec tous les habitants qui vont lui dire de ne pas s'approcher de moi.

— Oui, ça risque d'être problématique. Mais Audrey pensait aussi que j'étais un coureur qui baisait à chaque étape du circuit de rodéo, et j'admets que c'était vrai avant que je ne fasse sa connaissance, dit-il en se passant une main sur la nuque.

— Il y a pire que les gens de la ville, il y a ton frère. Avec l'ordre de Rob, j'ai l'impression qu'il me souffle constamment sur la nuque. Il m'a donné une semaine. Une semaine pour faire en sorte qu'une fille de moins de vingt ans veuille consacrer toute sa vie à un type qui a deux fois son âge, sinon il lui effacera la mémoire. Je suis vraiment dans la merde.

Boyd lança son cheval au galop.

— Elle va le sentir.

Bella accéléra d'elle-même pour rester à côté de la monture de Boyd.

Je jetai un coup d'œil dans sa direction.

— Comment ça ? À cause de la connexion ?

— Oui. Elle n'a pas les mêmes sens que nous, mais elle le sentira.

— C'est ce que j'ai essayé de lui faire comprendre. Mais je pense que le fait d'insister sur le plan sexuel est aussi une erreur, surtout avec ma réputation. Et le fait qu'elle soit vierge.

Il émit une sorte de sifflement.

— Tu es dans le pétrin, mais n'oublie pas que ça ne fait que quoi ? Deux jours ? Je crois en toi, mon vieux, dit Boyd en souriant. Tout le monde sait que tu serais capable de charmer n'importe quel membre de la gent féminine de la ville. Tu es l'homme parfait pour ce genre de défi.

Je secouai la tête. Mes compétences risquaient de jouer en ma défaveur dans ce cas précis.

Nous prîmes un virage, il fit reculer son cheval et pointa du doigt.

— Voilà Tyler.

Je suivis son regard et vis un cheval en train de brouter, puis la silhouette de mon fils accroupie près d'une clôture.

— Merci, Boyd. Merci mon pote.

Il inclina son chapeau pour me saluer et fit tourner son cheval dans la direction d'où nous étions venus.

— Je t'en prie, bonne chance avec le petit, avec les deux petits, gloussa-t-il.

— Enfoiré, marmonnai-je, bon enfant, en m'arrêtant pour envoyer un dernier message à Riley.

> Je veux t'avoir. Tu es à moi. Je suis là
> pour toi.

Je lui envoyai le message et donnai un léger coup de pied à Bella pour qu'elle avance. Tyler se redressa et se cacha les yeux avec sa main.

— Papa ?

— Salut, fiston.

J'avançai jusqu'à la clôture et descendis de la jument, lâchant les rênes, pour qu'elle puisse brouter l'herbe fraîche et les fleurs sauvages avec le cheval de Tyler.

— Qu'est-ce que tu fais ici ? Tout s'est bien passé avec Riley ? Le front de Tyler se plissa d'inquiétude.

— Eh bien, oui et non, dis-je. Je dois te dire quelque chose.

17

RILEY

Je sortais de mon cours de statistiques, la journée était finie. J'avais travaillé à l'école maternelle ce matin, puis j'avais passé l'après-midi sur le campus de l'université. Grâce aux bambins et aux équations mathématiques complexes, mon esprit n'avait pas tourné en rond à cause de la dispute de ce matin avec mon père.

Mais pour être honnête, j'avais ressenti une certaine anxiété à ce sujet toute la journée. Je savais qu'il avait un tempérament colérique, mais il ne l'avait jamais manifesté à mon égard. Je ne l'avais jamais vu aussi contrarié et je n'avais jamais, de toute ma vie, ressenti une telle colère à mon égard. Que pensait Cody de tout cela ? Les menaces de papa seraient-elles suffisantes pour le tenir à l'écart ?

Une partie de mon esprit voulait croire mon père.

148

Certes, Cody était un coureur de jupons. Tout le monde savait qu'il flirtait, et toutes les femmes, jeunes et moins jeunes, aimaient flirter avec lui. Il était beau, charmant et propriétaire d'un bar. Cela faisait de lui une rock star à Cooper Valley.

Mais papa ne savait pas qu'il était un loup métamorphe. Ou que les loups métamorphes étaient censés n'avoir qu'une seule et unique compagne. Qu'il prétendait que j'étais la sienne.

Je rallumai mon téléphone en marchant dans le couloir et... *oh*... Huit messages de Cody !

Je les parcourus rapidement et les larmes me montèrent aux yeux. Ils étaient tous si adorables. Rassurants. Il n'avait pas décidé que le jeu n'en valait pas la chandelle. Notre relation était bien réelle.

Comme tous les autres étudiants qui avaient terminé leurs cours, je suis sortie à l'extérieur, la tête toujours penchée sur mon téléphone, relisant ses messages.

— Salut, ma belle.

La tonalité grave de sa voix avait un grondement sexy qui était directement relié à ma chatte.

Je relevai la tête en entendant cette voix familière. Un sourire illumina mon visage lorsque j'aperçus Cody adossé au mur de briques, ses bras musclés croisés sur sa poitrine magnifique.

— Cody ! Qu'est-ce que tu fais là ?

Ses yeux me regardèrent de haut en bas, comme s'il cataloguait chaque centimètre carré de mon corps.

— Je n'ai pas eu de nouvelles de toi. J'étais inquiet.

Je me dirigeai vers lui, prête à me précipiter, mais je m'arrêtai à un mètre de distance. Je jetai un coup d'œil autour de nous. Peut-être que je ne devrais pas. Pas en public. Après la réaction de mon père ? Et de cette femme au bar ? Il semblait que notre différence d'âge poserait problème à tout le monde dans cette ville.

Mais Cody me saisit par la taille et m'attira contre son corps dur. Mes mains se posèrent sur son torse musclé.

— J'ai besoin de te sentir, murmura-t-il contre mes cheveux. La pleine lune qui approche me met en appétit pour ma compagne.

— Oh... je vois, dis-je en riant maladroitement, tandis qu'il inspirait profondément mon odeur.

J'aimais la façon dont il me serrait dans ses bras. D'une manière douce, mais comme s'il ne voulait jamais me lâcher.

— Voilà, ça va mieux.

Il me relâcha, mais seulement un peu. Il passa une main autour de ma nuque et approcha mon visage du sien.

— Et maintenant, un baiser.

Un baiser. Mon Dieu, *oui*. Il n'y avait rien de tel au monde que d'embrasser cet homme.

Ou plutôt, d'être embrassée par lui. Parce que c'était lui qui faisait tout le travail, en approchant sa bouche de la mienne, puis il s'immobilisa l'espace d'un instant, laissant l'anticipation s'installer.

Les opinions que les autres pouvaient avoir s'évanouirent.

Ça marchait, je tremblais déjà pour lui.

Puis il mordilla ma bouche, me goûtant une fois, deux fois, avant d'enfoncer sa langue profondément. Elle se déplaça entre mes lèvres. Mes doigts s'enroulèrent dans sa chemise et je serrai le tissu, pressant mon corps encore plus près de lui.

Il n'interrompit le baiser que quelques secondes, puis reprit de plus belle, me faisant tourner la tête pour qu'elle épouse l'angle de la sienne, tandis que son autre main descendait pour me caresser les fesses. J'avais l'impression de fondre contre son corps, oubliant où son corps s'arrêtait et où le mien commençait.

C'était un baiser épique. J'ignorais combien de temps nous restâmes ainsi, mais ce fut suffisamment long pour que je sois à bout de souffle, excitée et prête à déchirer mes vêtements pour lui. S'il ne prenait pas bientôt ma virginité, j'allais exploser.

— Cody, je gémis quand il se retira et frotta ses lèvres avec un sourire satisfait.

— Tu es mouillée, se réjouit-il.

Je rougis, me souvenant qu'il pouvait sentir l'odeur de mon excitation. Je baissai les yeux sur son jean déchiré.

— Et tu bandes.

Il rajusta son érection, subtilement puisque nous étions dans un lieu public.

— Pour toi, ma belle.

Je restai là quelques secondes, essayant de retrouver un ou deux neurones pour me rappeler où j'étais et ce qui se passait. D'une voix encore essoufflée par le baiser, je répliquai :

— Je, j'avais éteint mon téléphone aujourd'hui. Je viens de voir tes messages.

- Alors tu vas bien ?

Il baissa la tête pour me regarder dans les yeux. Ses yeux foncés étaient remplis d'inquiétude.

Mon cœur battait la chamade. Personne ne s'était jamais intéressé à moi de toute ma vie, et c'était... délicieux. Enivrant. Un peu effrayant, aussi, parce qu'une partie de mon cerveau m'avertissait de ne pas tomber amoureuse de ce type. Avait-il joué la carte du « compagnon » avec d'autres femmes ? Était-ce un jeu pour lui, comme le disait papa ?

Même si cela n'avait pas de sens. Ou plutôt, ça aurait été logique si Cody n'était pas un métamorphe. Il ne pouvait pas jouer la carte de la compagne avec d'autres femmes humaines. Et je supposais qu'une louve métamorphe saurait s'il était son compagnon ou non en se basant sur son odorat et qu'il serait à fond dès le premier reniflement. C'était bien comme ça que ça marchait, non ?

Mon Dieu, j'avais besoin de mieux comprendre tout ça.

Mais pour l'instant, il me regardait, attendait une réponse.

— Je vais bien, mais pourquoi es-tu parti ce matin ?

Il soupira.

— Parce que c'est ton père et qu'il mérite notre respect.

— Mais...

Il posa un doigt sur mes lèvres pour me faire taire. Ses yeux bleus croisèrent les miens.

— Je sais qu'il est entré chez toi. Même s'il va devoir se faire à l'idée que nous sommes ensemble, nous ne devrions pas nous pavaner devant lui.

— Nous pavaner ? Il a débarqué chez moi, répétai-je. Ce n'est pas comme si nous avions été en train de nous embrasser dans le supermarché. Ou dans mon université, dis-je en jetant un coup d'œil autour de moi.

— Si ton père invitait une femme à dormir chez lui, est-ce que ça te plairait d'entrer et de la voir avec seulement la chemise de ton père en train de faire du café ?

Le tableau qu'il dressait me fit tressaillir.

— Mon Dieu, non.

— Exactement. Tu dois accepter qu'il soit avec cette femme parce qu'il est adulte et qu'il peut faire ce qu'il veut, mais il faudrait qu'il garde certaines choses privées.

Je me mordillai la lèvre inférieure, réfléchissant. Puis je hochai la tête.

— Tu as raison.

— Je suis parti parce qu'il avait besoin de temps pour se calmer.

— Il t'a donné une porte de sortie, dis-je. Il t'a engueulé et tu aurais pu t'en aller pour de bon.

Il grogna.

— Ça n'arrivera pas, ma belle. Pas question, bordel. C'est pour ça que je suis là. Laisse-moi t'emmener dîner, pour qu'on puisse parler.

18

RILEY

DÎNER ? Juste nous deux ? Il ne parlait probablement pas d'un hamburger au drive-up de Main Street.

Je fermai les yeux, regrettant d'avoir à décliner.

— Oui, j'aimerais bien ... mais attends. Désolée, je ne peux pas. Encore une fois. Je dîne avec mamie à la maison de retraite.

Ses yeux s'écarquillèrent, puis il sourit.

— Ta grand-mère ? Alors je t'accompagne.

Je haussai les sourcils.

— Quoi ?

— Riley Abbott, aller au bowling avec tes copines, c'est une chose. Mais tu es la personne la plus importante au monde pour moi, et je veux rencontrer ta famille. Les choses ne se sont pas bien passées avec ton père, mais peut-être que je peux mettre ta grand-mère de mon côté.

Je ris en pensant à ma grand-mère, impulsive et un peu téméraire.

— Tu y arriveras sûrement, admis-je. Dieu sait que tu es doué avec les femmes.

Le sourire de Cody faiblit.

— Avec une seule femme, maintenant, promit-il. Seulement toi, ma belle.

Mon cœur battait la chamade contre mon sternum. Je voulais le croire. Mon Dieu, je voulais vraiment le croire. Mais était-ce la meilleure chose à faire ? Est-ce que j'allais me faire briser le cœur par ce magnifique coureur de jupons ? Seigneur, une semaine auparavant, j'aurais pensé que Cody McIntire était totalement inaccessible pour moi. Peut-être que je me faisais des illusions avec toute cette histoire. Si je n'étais que la nouvelle femme avec qui Cody avait envie de passer un bon moment, j'allais vraiment souffrir. Et je devrais dire à mon père qu'il avait eu raison, ce qui serait vraiment pénible.

Mon Dieu ! Pourquoi mon père avait-il semé le doute dans mon esprit ?

Cody passa un bras autour de ma taille et me conduisit jusqu'à ma voiture sur le parking voisin, ouvrant la portière pour moi, comme un gentleman. Lorsque je m'installai sur le siège, il attacha ma ceinture de sécurité et m'embrassa sur le haut du crâne.

— Je serai juste derrière toi, ma belle. La maison de retraite White Elm, c'est ça ?

C'était le seul EHPAD de la ville, donc c'était facile à deviner. Et correct.

— Oui.

Il me fit un clin d'œil et referma la portière. Je restai assise un moment sans bouger, rayonnante. Mon cerveau essayait toujours de percer mon euphorie, mais cela ne servait à rien. Être près de Cody McIntire, être l'objet de son attention, me rendait folle de joie. C'était vraiment trop beau pour être vrai.

Non ?

Je continuai à ruminer tout cela en conduisant jusqu'à White Elm. Après m'être garée, je restai quelques minutes dans ma voiture à attendre l'arrivée de la camionnette de Cody. Qu'est-ce qui lui prenait tant de temps ?

La petite voix dans ma tête me disait de me préparer. Il ne viendrait pas. Il avait trouvé une femme en route, l'avait embarquée et avait quitté la ville comme maman avec son photographe de la nature.

— Il viendra, marmonnai-je avec acharnement.

Je sortis de la voiture en réalisant à quel point mes pensées étaient ridicules.

— Bonjour, Riley ! Sarah, la réceptionniste, me salua lorsque j'entrai dans l'établissement. Ta grand-mère est dans la salle de jeux, en train de discuter comme d'habitude.

Bien sûr qu'elle discutait.

Je trouvai Mamie en train de glousser, rassemblant une pile de jetons devant elle, ayant manifestement gagné une partie de cartes. Ses amies avaient jeté leurs cartes devant eux, dépités, alors qu'elle me souriait.

— Oh, Riley ! Tu tombes à pic. Je viens de vider les poches de tout le monde.

— J'espère que tu ne joues pas de l'argent, Mamie. Je me penchai vers elle pour lui faire un bisou sur la joue et saluait les autres personnes autour de la table. Je les connaissais tous, et ils me connaissaient tous également. Nena *adorait* raconter des histoires sur son unique petite-fille.

— Pourquoi, tu préférerais qu'on joue à se déshabiller ? demanda-t-elle avant de me faire un clin d'œil.

Je ris. Ses amies firent semblant d'être choquées, mais je savais qu'elles aimaient son esprit libéré. Son amie Miss Ruby m'avait dit une fois qu'elle s'était ennuyée avant que Mamie n'emménage ici.

— Non, nous jouons juste pour notre réputation, et je suis la meilleure, déclara Mamie, en se levant de sa chaise. Maintenant, allons manger. Vous, les mauvais perdants, vous pouvez rester où vous êtes parce que j'ai un rendez-vous avec ma merveilleuse petite-fille.

Elle me prit le bras et s'appuya sur moi en marchant lentement vers la salle à manger.

— Est-ce que tu as parlé au médecin de ta prothèse de hanche ? lui demandai-je.

Elle l'avait fait remplacer il y a quinze ans, mais depuis quelques années, elle souffrait beaucoup. Elle disait le contraire, mais la raison principale pour laquelle elle avait déménagé à White Elm était qu'il y avait trop de marches dans sa maison.

— Pfff, il n'y a rien à dire, fit ma grand-mère d'un ton narquois. Il va me répondre que je dois me faire poser une nouvelle hanche, et je n'ai pas envie de revivre ça.

— Voilà les deux adorables personnes avec qui je vais passer la soirée.

Je sentis l'effet de la réverbération de la voix de Cody dans mon intimité. Oui, cela se produisait à chaque fois qu'il parlait. Mamie arrêta de marcher et leva la tête. Ses yeux s'écarquillèrent derrière ses lunettes.

— Qu'est-ce qui se passe ?

Elle regarda derrière nous pour être sûre de la personne à qui il s'adressait.

Cody se trouvait devant nous et tenait deux énormes bouquets de fleurs. *Voilà* ce qui lui avait pris du temps. *Des fleurs.*

On ne m'avait jamais offert de fleurs auparavant, et l'expression sur le visage de Mamie indiquait que c'était un plaisir à tout âge.

Bon sang, il faisait de réels efforts. Il devait vraiment être sérieux. Par rapport à notre relation.

Je fis mentalement un doigt d'honneur à mon père pour avoir semé le doute dans mon esprit.

— C'est pour toi, ma belle.

Cody m'offrit un bouquet parfumé de grands lys Casablanca et de roses en se penchant pour me donner un baiser sur les lèvres devant Mamie et Sarah, qui l'avaient suivi, probablement pour le conduire à la salle de jeux. Toutes deux restèrent bouche bée.

— Et ça, c'est pour vous, Mme Abbott. Il tendit à Mamie un bouquet de fleurs violettes, plus petit mais tout aussi magnifique.

— Cody McIntire, que se passe-t-il ici ? demanda ma grand-mère, comme s'il s'agissait d'un enfant en bas âge et non d'un adulte. Tu sors avec ma petite-fille ? Elle prit les fleurs et inclina la tête pour le regarder.

Maintenant qu'il avait les mains libres, Cody enleva son chapeau, puis hocha la tête.

— Oui, madame.

L'air surpris, Mamie tourna son regard vers moi. J'étais sûre que mon visage était aussi rose que les roses de son bouquet.

— Depuis combien de temps est-ce que ça dure ?

J'hésitai à répondre, et Cody parla à ma place. Pour nous.

— Assez longtemps pour que je sois sûr que c'est la femme qu'il me faut.

Mamie me tendit ses fleurs, me lâcha le bras et prit celui de Cody à la place.

— Il était temps, dit-elle en s'adressant à Sarah, comme si elle voulait que cette dernière soit aussi de son avis. J'ai la plus jolie petite-fille de la ville et elle n'a pas eu un seul petit ami jusqu'à présent.

Sarah sourit, aussi satisfaite que ma grand-mère.

— Mamie, grommelai-je en levant les yeux au ciel.

Cody commença à la guider lentement vers la salle à manger.

— C'est parce qu'elle attendait un homme, un vrai.

Il me fit un clin d'œil par-dessus son épaule. Je souris au travers des fleurs.

Maudit soit-il, lui et son charme de cow-boy. J'allais tomber raide dingue de lui, je n'allais pas pouvoir m'en empêcher.

— Je vais mettre ça dans ta chambre, Mamie.

— Pas du tout, dit-elle avec un geste de la main. Apporte-les au réfectoire, que tout le monde puisse voir à quel point ce jeune homme est attentionné.

Cody rit.

— J'apprécie beaucoup que vous m'appeliez jeune homme.

Ma grand-mère pouffa et ajouta :

— Tu es peut-être un peu plus âgé que Riley, mais c'est une bonne chose. Elle a toujours eu envie de grandir vite.

Je clignai des yeux et la regardai fixement.

Waouh. Vraiment ? Ma gorge se serra en réalisant à quel point elle me connaissait bien. Après la réaction de papa ce matin, j'avais pensé que tout le monde détesterait notre relation... *Quelle qu'en soit* sa nature. J'étais soulagée de voir que ma grand-mère avait au moins l'esprit ouvert. Sarah n'avait pas l'air de juger non plus. Elle semblait seulement ravie.

Non, pas seulement *l'esprit ouvert*, mais tout à fait d'accord. Elle avait rejoint l'équipe Cody dès la première phrase. En fait, dès les fleurs.

Si seulement papa avait pu se laisser influencer aussi facilement.

Arrivés dans la salle à manger, Mamie choisit une table près de la fenêtre. La maison de retraite était située à la périphérie sud de la ville, de sorte que depuis l'arrière du bâtiment, toutes les fenêtres donnaient sur la prairie et les montagnes.

Cody tira sa chaise pendant que ma grand-mère s'installait. Elle leva les yeux et regarda Cody.

— Mon fils essaie de la protéger, mais c'est pour ça que je ne l'ai pas laissé vendre ma maison. Riley avait besoin d'indépendance. Tu es déjà allé chez moi ?

La bouche de Cody se retroussa.

— Oui, madame. C'est un bel endroit.

Mamie éclata de rire. Je rougis et changeai de sujet de conversation.

Je lui dis :

— Assieds-toi ici et nous allons faire la queue au buffet.

Il y avait des serveurs pour les personnes qui ne pouvaient pas gérer leur propre plateau, mais je préférais servir ma grand-mère quand j'étais là.

— Comment est-ce que Riley peut s'amuser un peu avec son père et son insigne qui intimidait tous les garçons qui passaient par là ?

Pourquoi continuait-elle à parler de ça ? Cody savait que j'étais vierge, mais mamie donnait l'impression que j'étais une nonne, cloîtrée à l'écart du monde.

Je grommelai à nouveau, essayant de tirer Cody avec moi vers la file d'attente du buffet.

— Il aimerait bien me coller une balle, c'est sûr, dit Cody avec un petit sourire. Mais je finirai par le convaincre.

Ma grand-mère hocha la tête et répondit.

— C'est mon fils. Il finira par s'y faire. Au final, vous êtes deux hommes protecteurs qui veulent ce qu'il y a de mieux pour ma petite fille. Personnellement, rien ne pourrait me rendre plus heureuse.

— Il veut vendre ta maison à cause de ça, lui dis-je, essayant de lui faire comprendre à quel point papa était en colère.

Mamie se mit à rire, sans se préoccuper de la nouvelle des frasques de son fils.

— C'est *ma* maison. Il a peut-être grandi dedans, mais elle m'appartient. Il ne peut pas la vendre, pas plus qu'il ne peut te dire de déménager. Laissez-le faire sa petite crise...

— Petite crise ? dis-je, pensant que c'était l'euphémisme de l'année.

— Pendant que tu fais ta vie.

Mamie arqua un sourcil et regarda Cody comme s'il était la chose sur laquelle je devais me concentrer dans la vie.

— *Mamie*, la grondai-je consternée, le visage en feu.

Cody gloussa et posa doucement sa main sur son épaule.

— Je veux que vous sachiez que Riley est plus qu'un amusement pour moi. Elle est tout ce que j'ai toujours voulu. Je suis heureux d'être là pour son plaisir, mais je veux être beaucoup plus, dit-il en posant son chapeau sur le siège et en me faisant un clin d'œil.

J'en avais le souffle coupé. Il devait dire la vérité. Qui aurait menti à la grand-mère de quelqu'un ? Non seulement ça ferait de lui un trou du cul de première, mais ma grand-mère savait déceler les mensonges mieux qu'un détecteur de mensonges.

Mamie posa sa main sur la sienne et la tapota légèrement.

Cody avait dû sentir qu'il avait réussi à faire passer son message, car il me toucha la hanche et me guida, à sa manière subtile et protectrice, jusqu'à la file d'attente du buffet. J'étais encore toute rouge lorsque je sortis deux plateaux.

Il se chargea immédiatement du plateau de ma grand-mère, tira une assiette de la pile et me la tendit avec des serviettes et des couverts.

— Est-ce que... est-ce que c'est vraiment réel ? demandai-je, la voix tremblante.

Il retroussa les lèvres d'un air amusé.

— C'est *vraiment* réel, ma belle. Je suis ton homme maintenant. Je vais prendre soin de toi. Te protéger. Subvenir à tes besoins. Te rendre heureuse. Est-ce que tu peux supporter ça ?

Il pouvait probablement sentir que je mouillais à nouveau, et il ne me parlait même pas de choses cochonnes. Non, il me parlait avec *tendresse*, et ça marchait. Mon Dieu, il était *incroyable*.

Pourquoi étais-je si nerveuse ? C'était ce que j'avais toujours voulu. Un homme qui me désirait, moi et seulement moi. Qui voulait me rendre heureuse. Pour toujours. Bien sûr, si Matt ou Ethan (ou même Tyler avant que je ne découvre que c'était un métamorphe) m'avait dit ce que Cody m'avait dit, j'aurais rigolé. Je ne les aurais pas crus parce qu'ils ne pouvaient pas subvenir à mes besoins. Ils ne pouvaient pas me protéger. Tyler pouvait probablement le faire, avec son loup, mais bon... quel baiser abominable. Tyler n'avait pas voulu prendre soin de moi. Il avait seulement voulu s'amuser.

Pourquoi avais-je été d'accord avec ça alors que Cody voulait tout me donner ? Pourquoi est-ce que j'aurais accepté de faire des compromis ?

Je n'aurais pas dû le faire, et avec Cody, tout serait différent maintenant.

— Es-tu en train de... me faire la cour ? Tu essaies de me convaincre ? chuchotai-je pendant qu'on avançait dans la file entre l'espace des salades et des plats de résistance, en tendant nos assiettes pour être servis.

C'était menu spaghettis, mon assiette était donc remplie de pâtes, et un employé déposa une grosse boulette de viande sur le dessus. Cody tendit l'assiette de Mamie tout de suite après pour la même chose.

Pendant qu'il attendait, il déclara :

— Eh bien, j'essaie de faire ces deux choses. Est-ce que ça marche ?

Je ris doucement en attrapant les pinces pour prendre un petit pain dans une corbeille.

— Oui, ça marche.

Il me donna un petit coup en tapant son corps contre le mien.

— Tu te demandes si ça va durer, n'est-ce pas ?

Je hochai la tête. Il semblait plus facile de lui parler pendant que nous étions occupés à remplir nos assiettes.

Son portable sonna dans sa poche arrière. Il le sortit et consulta l'écran.

— Salut, Jimmy, ça va ? demanda-t-il. La douceur qu'il avait eue avec moi disparut. Son corps se crispa et sa mâchoire se serra si fort que je crus qu'il allait se casser une dent.

— Tu es sérieux ? Putain. Il est encore là ? D'accord. Oui, j'arrive dans quelques minutes, dit-il en se passant une main sur la nuque et en baissant la tête.

Il mit fin à l'appel et rangea son téléphone.

— Qu'est-ce qu'il y a ? demandai-je, inquiète.

— Désolé, ma belle. Il faut que j'y aille. C'était Jimmy au bar. Il dit que quelqu'un du bureau du shérif est venu à cause d'une dénonciation anonyme selon laquelle nous servons des personnes n'ayant pas l'âge requis pour boire de l'alcool. Ils embêtent nos clients et vérifient l'identité de *toutes* les personnes présentes dans l'établissement.

— Oh non, gémis-je. Je savais exactement de qui il s'agissait et pourquoi. Mon père est là-bas, n'est-ce pas ?

Cody secoua la tête.

— Il y était, mais Levi, le shérif, est arrivé et l'a renvoyé chez lui.

Je savais que mon père était contrarié que je sois avec Cody, mais se mêler de ses affaires ? Déranger toutes les personnes présentes dans le bar qui étaient là juste pour passer un bon moment... à cause de notre relation ? Il allait trop loin.

— Tu t'occupes du bar, dis-je en levant le menton avec détermination. Je m'occupe de mon père.

19

CODY

JE NE SOUHAITAIS PAS CACHER mes émotions à ma compagne, mais je n'allais pas lui dire à quel point son père commençait à me porter sur les nerfs. Je comprenais le fait qu'il souhaite la protéger. Si j'avais eu une fille, j'aurais... eh bien, en fait, j'ignorais totalement ce que j'aurais fait. J'aurais été ridicule (comme lui) pour sa sécurité, mais je ne l'aurais pas éloignée de son compagnon prédestiné. C'était peut-être parce que j'étais un métamorphe, et pas lui.

Ce qui était le cœur de ce fichu problème. Chaque fois que je pensais être sur le point de gagner le cœur de Riley, quelque chose survenait. Comme les conneries de son père. Et ça faisait seulement quelques jours !

Je ne voulais pas me mettre entre eux deux, mais je n'allais pas renoncer à ma compagne. Riley était *pratiquement* sur la même longueur d'onde que moi maintenant. Kyle Abbott allait devoir se faire une raison. Et arrêter de se foutre de ma gueule et de ce qui m'appartenait. Ce qu'il ne comprenait pas, c'était que plus il s'en prenait à moi, plus il s'en prenait à sa propre fille.

Il aggravait les choses entre eux au lieu de les améliorer.

Dix minutes après l'appel, je franchis la porte de mon bar. De la musique country était diffusée, un type était sur le taureau mécanique et la moitié des tables étaient occupée, même s'il était encore tôt. Nous avions du monde presque tous les soirs, et ce soir n'était pas une exception. Tout semblait normal, à l'exception de Levi, accoudé au bar, qui discutait avec Jimmy. Levi était le shérif de Cooper Valley et le patron de Kyle Abbott. En outre, c'était un métamorphe. Avoir l'un des nôtres dans les forces de l'ordre s'avérait souvent utile. Comme en ce moment.

Je me rapprochai de lui, lui serrai la main, puis regardai Jimmy.

— Merci de m'avoir appelé. Va donc faire l'inventaire, et je m'occupe du bar.

Les yeux du jeune homme s'illuminèrent en entendant cela, ce qui signifiait que la situation avait été plutôt horrible puisque personne ne voulait compter les bouteilles d'alcool.

— Tu es sûr ? L'adjoint Abbott était dans tous ses états quand il est arrivé ici. C'est un type sympa, mais je ne l'avais jamais vu comme ça avant. Je peux aider ici...

Je levai la main.

— Je me débrouille.

Il jeta son chiffon et me salua du doigt.

Le petit sourire discret de Levi témoignait de son amusement. Puis il disparut une fois que Jimmy fut à mi-chemin de la porte.

— Pourquoi Kyle Abbott te déteste-t-il ?

Je gloussai puis me passai une main sur la nuque.

— Tu as remarqué ?

Il haussa un sourcil.

— Sa fille est ma compagne.

Son autre sourcil se souleva.

— Il n'apprécie pas l'intérêt que je lui porte.

Il tambourina ses doigts sur le comptoir du bar. Levi était un shérif redoutable. Il avait des épaules de mammouth et une large poitrine sous son uniforme. Ses cheveux blonds couleur sable étaient coupés court, mais il gardait des poils sur la mâchoire. C'était sa barbe d'été.

— Elle n'a pas l'âge de Tyler ? Je crois qu'elle garde Clint et Becky.

Je fis une grimace parce qu'il donnait l'impression que je l'avais prise au berceau.

— Elle a dix-neuf ans, marmonnai-je, me demandant si j'allais devoir justifier notre relation devant chaque habitant de ce fichu État.

— Oh, je comprends maintenant pourquoi cette histoire ne lui plaît pas *du tout*.

Je soupirai.

— Il n'a pas apprécié de me trouver chez sa fille ce matin en train de faire du café. Avec seulement mon jean.

— Oh, merde. C'est ce qui explique les dénonciations

qu'on a reçus pour ton bar. Cette histoire de destin de « compagne prédestinée » nous casse vraiment les couilles, non ? dit-il en se mettant à rire à gorge déployée.

—Tu t'es accouplé avec une humaine, tu me comprends, non.

J'espérais qu'il comprenait.

Sa compagne s'appelait Charlie, une vétérinaire qui avait amené un cheval du Colorado à Wolf Ranch pour l'accoupler. Après avoir senti son odeur, Levi et son loup l'avaient revendiquée. Puis il l'avait revendiquée officiellement, en la mordant et en la marquant de son empreinte. Elle était aussi devenue sa femme. La revendication *et* le mariage semblaient sceller l'accord entre les métamorphes et les humains. Comme Kyle ne savait pas que j'étais un métamorphe, ce n'était pas le problème. Mais il était évident qu'il ne voulait pas que j'épouse Riley.

— Oh, bien sûr. Mais son père est mon employé. C'est donc mon problème. Je ne peux pas le renvoyer pour ce qu'il a fait parce que, techniquement, c'est dans les limites de la loi. Mais je ne le laisserai pas utiliser son travail comme un outil pour t'emmerder. Je vais laisser passer cette fois cependant, surtout avec le procès pour meurtre auquel il vient d'assister. Nous avons reçu des menaces de mort au poste tous les jours la semaine dernière, probablement de la famille du coupable, précisa-t-il en posant la main sur la crosse de son pistolet de service sur sa hanche. Quoi qu'il en soit, tu l'as mérité. Mais il aurait pu te casser la gueule et on en aurait eu fini avec ça.

Ça m'aurait contrarié, mais pas beaucoup plus. Cette histoire de bar, ça m'énervait vraiment.

— Ouais, désolé.

— Tu ne devrais pas l'être parce que je comprends maintenant ce qui se passe. Mais il va falloir que tu arranges tout ça. Quand je suis arrivé, il était en train de vérifier l'âge de tous les clients. Même M. Seymour, et il doit bien avoir quatre-vingt-cinq ans.

Je fermai les yeux et secouai la tête. Quel enfoiré !

— J'ai encore quatre jours pour la revendiquer, ou Rob l'emmènera se faire effacer la mémoire. Tu me forces à m'occuper d'un père trop protecteur... immédiatement. J'ai tout contre moi là.

Il me donna une tape sur l'épaule, puis attrapa son chapeau de cow-boy sur le bar et le posa sur sa tête.

— Je n'étais pas au courant des ordres de notre alpha, mais c'est logique. C'est compliqué pour toi, mon pote. Mais elle en vaut la peine.

Il partit, et je commençai à servir au bar, en réfléchissant à ses dernières paroles. Oui, Riley en valait la peine, peu importe ce que les obstacles que son père ou mon alpha mettaient sur notre chemin.

20

RILEY

— Tu as perdu la tête ? Je rentrai en trombe dans la maison de mon père et jetai mon sac à main et mes clés sur le bout de la table. Sa voiture de patrouille était garée devant la maison, je savais donc qu'il était chez lui.

Après le départ de Cody, j'étais restée avec ma grand-mère pour dîner avec elle et nous avions toutes les deux déploré le fait que mon père se comporte comme un trou de chapeau. Trou de chapeau, c'était le mot qu'elle employait. J'ignorais d'où elle sortait cette expression.

— T'es allé au Cody's Saloon harceler ses clients ?

Il sortit de la cuisine, une bière à la main, et croisa les bras sur sa poitrine.

— C'était tout à fait dans mes droits, dit-il d'un ton

posé. J'ai entendu dire que ma fille de dix-neuf ans fréquentait cet endroit.

— Elle n'a fait qu'y boire du *soda*, papa, et ce n'est pas le problème ! Je ne suis pas celle...

La veine de sa tempe palpitait.

— Non, c'est *exactement* le problème. Tu as vingt ans de moins que Cody McIntire et tu es complètement à côté de la plaque.

Il décroisa les bras, s'approcha de moi et l'expression de son visage s'adoucit.

— Ma belle, je suis sûr que c'est excitant d'avoir un homme plus âgé qui s'intéresse à toi, mais...

— Mais, rien.

Moi aussi, je pouvais jouer à ce petit jeu et l'interrompre. Et c'était à mon tour de croiser les bras.

— Tu n'as pas ton mot à dire. Je suis une adulte. Je prends mes propres décisions.

Il secoua la tête.

— Pas quand je paie tes frais de scolarité. De plus, je vais trouver un locataire pour la maison de ma mère. Un qui paie vraiment son loyer.

Ma bouche s'entrouvrit. Il détestait à ce point l'idée que je sois avec Cody ?

— Alors je vais arrêter l'université ! dis-je en lui renvoyant la balle dans la figure. Et j'emménagerai avec Cody.

Oui, je ne faisais que mettre de l'huile sur le feu. Mais cette situation durait depuis bien trop longtemps. J'étais encore vierge pour plusieurs raisons. L'une d'entre elles était qu'il avait harcelé tous les garçons qui avaient essayé de sortir avec moi, et maintenant qu'il se trouvait face à un homme qu'il ne pouvait pas intimider avec son badge de shérif, il dépassait les bornes.

Il tendit la main en signe d'apaisement.

— Riley, calme-toi.

— Me calmer ? *Me calmer ?*

Il poursuivit, alors que je ne me calmais pas du tout. J'étais comme une bouilloire prête à exploser.

— Tu ne connais pas Cody comme moi, dit-il. Tu te rends compte que je suis allé au *lycée* avec lui ?

Je tremblais de tous mes membres à cause de cette dispute, et je n'aimais pas la sensation d'inquiétude que les mots de mon père me procuraient. Malgré tout, je relevai le menton.

— Et alors ?

— Alors, tout d'abord, ce type est un coureur. Il a couché avec plus de femmes qu'il n'y a de fleurs sauvages dans le Montana.

Je sentis mes sourcils se froncer. Je les ignorai et haussai les épaules brusquement.

— Tu as commencé par ça ce matin. Et c'était avant notre rencontre, dis-je, même si je n'y croyais pas autant que je l'aurais voulu à mes paroles.

Je ne pensais pas qu'il avait été infidèle, mais nous n'avions pas été... ensemble assez longtemps pour qu'il passe à autre chose et se lasse de moi. De plus, il n'avait pas obtenu ce que tous les hommes voulaient. Du sexe.

Mais Cody avait dit que c'était du sérieux avec moi. Il

s'était présenté à ma grand-mère. Il lui avait apporté des fleurs. Il avait dit que j'étais sa compagne. Alors j'avais cru qu'il était... que c'était différent avec moi.

Mais si ce n'était pas le cas ? Et si...

Je secouai mentalement la tête. Non, je ne pouvais commencer à penser cela. Je ne pouvais pas admettre que les paroles de mon père avaient pu toucher un point sensible. Encore une fois.

Mon père me regarda avec sympathie et adoucit sa voix.

— Tu le crois vraiment, ma belle ? Qu'est-ce qu'il voudrait d'une fille du même âge que son fils ?

Je ne pouvais pas parler à mon père de l'histoire de la compagne, du fait que Cody ne pouvait pas faire autrement par rapport à moi. J'avais l'impression que cela résoudrait beaucoup de ses objections, mais j'avais promis de garder le secret de Cody et de Tyler.

— Parfois, on *sait* que l'on est avec la bonne personne, tentai-je d'expliquer. On a l'impression que c'est parfait. Comme si c'était le destin.

Mon père leva les yeux au ciel.

— Oui, je pensais aussi que c'était le destin avec ta mère. Regarde où ça m'a mené.

Ses paroles me firent l'effet d'un coup de poing dans le ventre. Il était vrai que maman avait batifolé avec beaucoup d'hommes. Elle était le genre de femme qui avait besoin d'attention et elle l'avait cherchée partout. Pas seulement avec un homme, mais avec *tous les hommes*. Avec des hommes qui l'avaient éloignée de Cooper Valley.

Papa ne voulait pas que je sois comme *lui.* Qu'on m'abandonne.

J'encerclai ma taille avec mes bras.

— Il n'est pas comme maman, dis-je, mais ma voix avait perdu de sa puissance.

— Ma fille.

Mon père se rapprocha de moi et essaya de me tenir par les épaules. Je m'éloignai de lui, essayant de retrouver la rage que j'avais ressentie auparavant. Il se trompait à propos de Cody.

Je *le savais.* Je n'avais pas le désir d'accouplement que lui ressentait, mais je percevais un lien avec Cody. Quelque chose de spécial.

— Cody n'est pas le genre d'homme que je veux pour toi, Riley Roo. Ce n'est pas un homme pour fonder une famille.

J'écartai les mains et répliquai :

— Il l'est littéralement, papa. Il a un fils.

Moi-même je grimaçais en pensant à ce fils qui avait le même âge que moi, pas un enfant en maternelle comme ceux où je travaillais.

Berk. Est-ce que je serais la belle-mère de Tyler si cela fonctionnait ? C'était vraiment bizarre.

— Il a eu un fils il y a vingt ans. Tu crois qu'il voudrait tout recommencer avec toi ? Est-ce qu'il t'a dit qu'il voulait d'autres enfants ?

Une pierre se posa au creux de mon estomac. Je n'y avais pas pensé. Merde, je ne pensais pas que Cody veuille recommencer à zéro avec un bébé.

Il s'était retrouvé seul avec un enfant à peu près au même moment où papa s'était retrouvé seul avec moi.

Je ne voulais pas admettre que mon père avait peut-être raison sur ce point. Mais je pouvais en parler à Cody, voir ce qu'il en pensait. J'avais toujours voulu avoir des enfants. Ce n'était pas comme si je sentais que mon horloge biologique tournait ou un truc du genre, mais c'était quelque chose que je voulais dans un avenir plus lointain. De toute façon, tout ça ne regardait pas mon père.

Je rassemblai autant de colère que possible et ajoutai d'une voix ferme, le regard sévère :

— Je comprends que tu aies une opinion sur le sujet, mais en fin de compte, ce n'est pas ton choix. Laisse Cody et son entreprise tranquilles. Jusqu'à ce que tu acceptes l'idée que nous soyons ensemble, laisse-moi tranquille aussi !

Je récupérai mon sac à main et mes clés et sortis de chez lui en claquant violemment la porte derrière moi.

Maudit soit mon père et ses conneries de super-protecteur.

Et maudit soit-il de me mettre mal à l'aise avec ce qui se passait avec Cody. Mais comment osait-il semer le doute dans mon esprit ? Il sabotait notre avenir sans même avoir à vérifier l'identité de qui que ce soit.

Je refoulai mes larmes en m'installant au volant de ma voiture. Je me sentais soudain perdue, coincée entre l'homme qui avait été toute ma vie et celui qui me donnait l'impression que j'étais toute sa vie.

Je balayai mes larmes du revers de la main et composai le numéro de Cody.

— Riley ? Il avait l'air inquiet, comme s'il savait déjà que j'étais bouleversée.

— Tu as parlé à ton père ?

— Oui.

— Comment ça s'est passé ?

— Pas bien, dis-je en reniflant.

— Je suis chez toi dans dix minutes.

— Quoi ?

— Tu as bien entendu. Tu as besoin de moi. Je suis là pour toi.

21

___

CODY

À LA SECONDE où elle m'ouvrit la porte, je la pris dans mes bras en lui décollant les pieds du sol. Je m'avançai et donnai un coup de pied dans la porte pour la fermer.

— Ma belle, dis-je en respirant son odeur.

Elle nous apaisait, mon loup et moi.

— Putain, tu m'as manqué.

C'était vrai, même si ça ne faisait que depuis le dîner. Que j'avais raté à cause de la connerie de son père et maintenant c'était *elle* que j'avais envie de dévorer.

Elle plaça son visage sous mon menton et son souffle effleura ma peau à travers ma chemise.

— Tu lui as parlé ? demandai-je.

— J'ai crié, corrigea-t-elle, nous avons crié.

Je n'aimais pas ça, le fait que son père et elle soient en désaccord.

— Tu veux m'en parler ?

Elle soupira.

— En gros, je veux être avec toi. C'est tout ce qui compte.

À ses mots, ma bite gonfla douloureusement contre mon jean.

— Répète.

Basculant la tête en arrière, ses yeux croisèrent les miens. Elle continua à me fixer.

— Je veux être avec toi, Cody McIntire.

Putain, j'avais attendu qu'elle dise exactement ça !

Je ne relâchai pas mon emprise sur elle, mais repérai le canapé, me dirigeai vers lui et m'installai avec elle sur mes genoux. Elle était à califourchon sur mes cuisses et ses cheveux noirs tombaient comme un rideau autour de son visage. J'avais envie de la toucher et de la tenir pendant que nous parlions, et d'enrouler ces mèches soyeuses autour de mes doigts et de tirer un peu, mais mes mains se posèrent sur ses hanches.

Ma queue voulait sauter toute cette partie et passer directement à la baise parce que c'était *clairement* ce qui allait se passer ce soir, mais une chose était-elle sûre à propos de cette relation ? Bordel, c'était compliqué.

Mais ça ? La connexion entre nous ? C'était simple.

Cette fois, dans mes bras, elle n'avait pas dit « baise-moi » ou tout autre terme indiquant qu'elle voulait du sexe. Elle avait dit qu'elle voulait être avec moi.

Son père avait peut-être un peu ébranlé notre relation, mais il l'avait peut-être aussi rendue plus forte.

J'étais fait pour elle. C'était ce qu'elle disait.

Enfin.

Elle se recula sur mes cuisses, pour pouvoir (putain !) ouvrir ma ceinture et atteindre ma bite.

Je soulevai les hanches, et elle repoussa le jean et le boxer en dessous de mes hanches suffisamment pour faire sortir ma bite.

Puis elle se laissa retomber sur les genoux sur la moquette. Ma petite vierge se transformait en séductrice.

Je lui caressai la tête, les cheveux, et les tirai légèrement. Son regard se leva vers le mien, se troubla sous l'effet de la légère pression.

Putain de merde. La voir à genoux devant moi était la chose la plus érotique que j'avais jamais vue.

Presque.

— Tu veux me sucer, ma belle ?

Elle acquiesça, même si mon emprise ne lui donnait pas beaucoup de liberté.

— Nue, dis-je. Je veux que tu le fasses nue.

Une lueur torride traversa son regard, et je relâchai la pression que j'exerçais sur ses cheveux. Lentement, elle se leva et ôta ses vêtements. Ce n'était pas un strip-tease sexy. Il n'y avait pas de mouvements habiles, mais seulement le fait que Riley partageait tout d'elle-même avec moi.

Je saisis la base de ma bite et la caressai de haut en bas, des gouttes nacrées de liquide préséminal s'écoulaient de ma fente et glissait le long de mon gland large pendant que je la regardais. Ses seins fermes, sa taille fine, ses hanches généreuses et sa chatte... aux lèvres roses et scintillantes.

Quand son jean, son soutien-gorge, sa culotte... furent en tas à ses pieds, je lui fis un petit signe du doigt de ma main libre. Mon loup hurla pratiquement lorsqu'elle s'installa sur le tapis entre mes genoux.

Je passai mon pouce sur le liquide préséminal et lui tendis mon doigt.

— Lèche.

Sa petite bouche chaude se referma. Je sentis sa langue tourbillonner et me goûter.

Putain, je n'allais pas tenir si elle continuait comme ça.

Je retirai mon pouce, levai les bras pour m'installer contre le dossier de son canapé, de sorte qu'elle sache qu'elle pouvait faire ce qu'elle voulait de moi.

Cela avait été une bonne idée jusqu'à ce qu'elle me prenne en bouche aussi profondément qu'elle en était capable. Je jetai les coussins et levai instinctivement le bassin, si bien que je me retrouvai au fond de sa gorge.

Elle retira sa bouche et l'essuya, les yeux rivés sur les miens.

Je grognai. Grognai vraiment.

— Putain, ma belle. Cette bouche, c'est le paradis, mais la prochaine fois que je jouirai, ce sera enfoui au fond de cette petite chatte vierge.

Saisissant son poignet, je la soulevai avec l'intention de l'emmener dans sa chambre et de la débarrasser délicatement de sa virginité.

Mais elle avait d'autres idées. Elle repoussa ma poitrine

et je la laissai me faire reculer. Elle tira sur ma chemise pour l'ouvrir, faisant sauter les bouton-pression d'un seul coup. Je m'exécutai, la retirant en haussant les épaules. Avant que je puisse l'arrêter, elle me saisit la bite, se mit à genoux et...

— PUTAIN !

Elle venait de s'abaisser sur moi, et j'étais en elle. Seulement de quelques centimètres, mais elle. me. prenait.

— Ma belle, non, lui dis-je en grognant. Ce n'est pas comme ça que ça devait se passer.

Putain. Des gouttes de sueur perlèrent sur mon front et j'essayai de me retenir de bouger le bassin.

— Tu veux me baiser au lit, en missionnaire, commença-t-elle à dire. Tu voudrais mettre des pétales de rose et tout ça parce que je suis vierge.

Elle m'avait bien cerné.

— Pas de pétales de roses, mais certainement dans un lit. Certainement en missionnaire, pour que je puisse te regarder me prendre pour la première fois.

Les mains posées sur mes épaules, elle ajouta :

— C'est peut-être ma première fois, mais je ne veux rien de tout cela. Je veux avoir le contrôle. Et tu peux me regarder te prendre comme ça.

Ses hanches commencèrent à bouger, m'enfonçant centimètre par centimètre dans sa chatte trempée.

—J'ai vu ton côté sauvage, Cody. J'ai envie de ça. Je veux cette partie de toi.

— Tu vas avoir mal. J'ai une grosse bite, et tu es... merde, tellement serrée.

J'allais mourir avec la bite dans sa chatte, c'était de la torture. Au pays des merveilles, le pays le plus délicieux, le plus serré, le plus humide.

— Vibro.

Quoi ? J'avais du mal à réfléchir normalement en ce moment.

Elle pivota le bassin et dit :

— Je me suis déjà mis un vibro en silicone. Mais rien d'aussi gros que toi. Néanmoins, tu ne me feras pas de mal.

Je restais immobile en l'étudiant. Je transpirai. La mâchoire serrée. La laisse qui me retenait était sur le point de se rompre. Maudite soit la lune presque pleine !

— Tu es sûre, ma belle ? Tu as qu'une seule première fois.

Elle acquiesça, et j'étais fini. F.I.N.I.

— Tu vas avoir mal quoi qu'il arrive parce que tu veux que je sois sauvage ? Je vais te donner du sauvage.

Puis je la fis descendre sur moi, tout en soulevant le bassin. Et je la remplis complètement.

— Cody ! cria-t-elle alors que je sentais ses parois intérieures s'adapter à moi et qu'elle me prenait enfin, enfin j'étais complètement en elle. Chez moi.

J'étais chez moi pour la première fois.

22

RILEY

OH, mon Dieu. Cody avait un sexe énorme. ÉNORME.

Et il était en moi. Je me sentais pleine à craquer et totalement assise sur ses cuisses.

C'était comme s'il avait abandonné une bataille intérieure concernant ma virginité et qu'il se laissait aller.

Parce qu'il ne se contentait pas de me pénétrer profondément d'un seul coup de reins, il me baisait. De haut. En bas. Il empoignait mon cul, me soulevait et m'abaissait sur sa bite, faisant rebondir mes seins. La pièce se mit à tanguer et la chaleur explosa de partout. J'étais étourdie par le désir. Et de satisfaction de ce désir.

Il se pencha en avant et suça un de mes tétons, saisit l'autre dans sa paume et le serra.

Ce qu'il m'avait fait ressentir lorsqu'il m'avait fait un cuni avait été incroyable. Mais j'avais eu l'impression qu'il manquait quelque chose. Je m'étais sentie vide. Là, c'était différent. Plus en profondeur. Et j'étais tellement bien remplie.

Je me balançai sur sa bite. Il commença à sucer le renflement de mon sein.

— Prends-moi, tu es une si gentille fille. Qui dégouline pour moi.

Ma tête retomba en arrière, j'étais dépassée. Là, le fait que j'avais été vierge devenait évident. Je n'avais aucune idée de ce qu'il fallait faire. Comment ressentir. Comment contrôler la vague de plaisir qu'il provoquait.

Je n'avais pas imaginé que cela pouvait être comme ça. Si fort. Si intense.

— Cody, je vais...

Une main se posa sur mes fesses et me donna une fessée. La douleur aiguë me fit sursauter, puis...

— Oh mon Dieu.

Je jouis, me contractant tout autour de lui pendant que je subissais l'orgasme.

Un raz-de-marée. Un tsunami. Une chute d'une falaise. Un feu d'artifice. Quel que soit le terme, je le ressentais.

Je ne savais pas que nous étions en mouvement jusqu'à ce que mon dos heurte un mur.

Avec une main sous mes fesses nues, Cody se mit à faire des va-et-vient en moi, encore plus profondément qu'avant.

— Tu prends la pilule, ma belle ?

Quoi ? Est-ce qu'il me parlait ? Il me posait une question ?

— Ma belle ?

— Quoi ?

— Pilule.

Il voulait savoir si je prenais un contraceptif. Maintenant ? Maintenant qu'il était si profondément en moi ?

Je hochai la tête.

— Bien.

— Tu es clean ? lui demandai-je en m'accrochant aux quelques neurones qu'il me restait.

Je ne voulais pas penser à mon père alors que Cody était enfoncé jusqu'aux couilles en moi, mais je ne pouvais m'empêcher de penser aux relations que Cody avait eues avec d'autres femmes auparavant.

— Les métamorphes n'ont pas ce genre de problèmes. Je suis clean.

Je hochai la tête, mais il avait dû voir mon changement d'humeur. Il releva mon menton et ralentit le mouvement de ses hanches.

Ses yeux bleus, devenus orageux sous l'effet de l'excitation, me clouèrent sur place autant que son corps.

— J'ai quarante ans. J'ai eu ma part de femmes, mais pas comme le pense ton père. Je ne peux pas changer le passé, mais tu dois savoir que tu es mon avenir, me dit-il en me donnant un coup de reins pour le confirmer. Ça. Nous. Je suis peut-être ton premier, ma belle, mais je suis aussi ton dernier.

D'un seul geste, il tourna à nouveau sur lui-même, me

faisant basculer sur le dos sur le canapé, comme si mon lit était trop loin, nos corps toujours connectés.

— Oh, mon Dieu, je gémis.

C'était tellement excitant de voir à quel point il était fort. À quel point il maîtrisait la situation. C'était incroyable d'avoir un homme qui savait exactement ce qu'il faisait et qui pouvait rendre ma première fois si intensément parfaite.

Il remonta mes chevilles sur ses épaules et se mit à genoux pour me pénétrer. J'étais complètement nue, et lui n'avait que son jean et son caleçon suffisamment baissés pour que sa bite soit sortie.

Je sursautai en constatant à quel point il était profond dans cette position. Son gland heurtait ma paroi interne et l'intensité de cette pénétration me faisait gémir.

Il recula.

— C'est trop, ma belle ?

Je secouai la tête d'un côté et de l'autre.

— Non ! C'est bien. Je veux tout, Cody.

Ses yeux passèrent du bleu à l'ambre. Ici. Juste ici, c'était comme ça que je pouvais voir son loup juste sous la surface. L'animal qui était en lui. Et je voulais qu'il me le montre.

— Plus fort, le suppliai-je presque.

C'était insensé, mais je sentais sa bite gonfler en moi, s'allonger. Devenir plus grosse.

Il serra les dents, accélérant le rythme.

— Putain, Riley.

Même si j'avais voulu contrôler ma première fois,

j'aimais être sous lui. Certes, il ne s'agissait pas d'un simple missionnaire. Mais la vue que j'avais de Cody McIntire à ce moment précis était impressionnante.

Son torse musclé parsemé de boucles (quand avais-je ouvert les boutons de sa chemise ?) La façon dont il montrait les dents et l'expression de son visage, comme s'il était à deux doigts de perdre complètement le contrôle. Mon Dieu, comment cela se passerait-il à ce moment-là ?

Il repoussa mes chevilles vers mes épaules et se mit à faire des va-et-vient dans cette position, réduisant l'espace dans lequel il pouvait s'enfoncer, ce qui rendait la chose encore plus intense.

La sensation me fit pousser un cri. J'allais jouir à nouveau. Je le sentais au tremblement de l'intérieur de mes cuisses, aux palpitations de mon ventre.

— Cody, je gémis.

— Pas encore.

L'ordre était sorti d'une voix féroce et mes yeux s'écarquillèrent. Est-ce que je faisais quelque chose de mal ?

— Tu vas attendre jusqu'à ce que je te prenne bien comme il faut, ma belle. Cette fois, tu attends que je te dise de jouir, compris ?

Oh. Waouh.

Ma chatte se contracta, et mes tétons, déjà tout durs, se crispèrent sous l'effet de son ordre autoritaire.

Je réussis à hocher la tête.

— Je vais te faire jouir dans toutes les positions, ma belle. Dans toutes les pièces de cette maison. Tu veux voir mon côté bestial ? Je vais te baiser jusqu'à ce que tu ne puisses plus marcher droit. Et quand tu jouiras, ils l'entendront à cinq kilomètres.

Oh *mon Dieu*. Mes yeux partirent en arrière. Je perdais déjà toutes mes facultés mentales.

C'était incroyablement excitant.

Cody se retira.

— Non ! criai-je.

Je tentai de me concentrer sur lui, mais j'avais l'impression de loucher. Il me prit par la taille et m'installa à genoux, mes coudes reposant sur l'accoudoir rembourré du canapé. Il me donna une nouvelle claque sur le cul.

— C'est parfait, ma belle. Tu as le plus beau cul du monde. Surtout quand il y a mes empreintes dessus.

Mon ventre se contracta à nouveau. Il allait me faire jouir rien qu'avec ses paroles cochonnes !

Mais non, il voulait que j'attende. Est-ce que j'en étais capable ? Je n'étais même pas sûre de savoir comment me contrôler. Mon corps était comme un instrument dont lui seul savait jouer. Je ne lui donnais aucun ordre pour l'instant.

Il glissa sa bite le long de ma fente, frottant mon clitoris avec son gland luisant.

Je gémis.

Il me caressa encore plusieurs fois tandis que je me cambrais, mourant d'envie qu'il soit à nouveau en moi.

— S'il te plaît, gémis-je.

— Je sais ce que tu veux, ma belle. Il me donna une nouvelle claque ferme sur les fesses. Je laisse juste monter la pression.

Mon Dieu, il avait fait ça depuis le début, non ? Il refusait de me donner ce plaisir jusqu'à ce que je ne pense plus qu'à ça. Je n'avais pas eu conscience que cela pouvait être plus que du sexe, qu'il s'agissait d'une connexion, d'un lien que nous partagions désormais. C'était pour cela qu'il avait voulu attendre, jusqu'à ce que je sois sur la même longueur d'onde que lui.

Je comprenais maintenant.

— J'ai trop envie, le suppliai-je, j'insistais pour avoir ce que je savais qu'il pouvait me donner.

Il appuya son gland à l'entrée de mon vagin, me taquinant en me pénétrant à peine puis en se retirant.

— S'il te plaît, gémis-je.

Il me saisit par les hanches et me pénétra en profondeur.

Le sentiment de satisfaction était inégalé. Mieux que de sauter dans une piscine par une chaude journée d'été. Plus désaltérant que de l'eau dans une gorge sèche. C'était le paradis.

C'était ce qui m'avait manqué toute ma vie. Cette sensation. Cette puissance dans mon corps, la beauté de ma propre sexualité partagée avec un autre.

Pas avec n'importe qui, avec *mon compagnon*.

Oh, waouh. Ces paroles se mirent en place comme les pièces d'un puzzle dans mon être. Comme une vérité que je connaissais instinctivement.

Il me semblait *effectivement* qu'il était mon âme sœur, mon seul et véritable partenaire, même si je n'étais pas un loup et que je ne savais pas ce que cela signifiait vraiment.

Je m'agrippai à l'accoudoir du canapé, la poitrine appuyée contre le canapé, pour me préparer à le recevoir. Il ne se retenait pas–ou du moins, je n'en avais pas l'impression. Il respirait bruyamment. Ses mains sur mes hanches devaient me faire des bleus. Il se jetait sur moi comme si sa vie dépendait de sa capacité à franchir la ligne d'arrivée.

Je gémissais, le vagin de plus en plus humide, mon corps se réjouissant de chaque coup de boutoir.

Puis il se retira à nouveau.

— Non, gémis-je.

— Viens par ici, Miss Riley.

Cody enroula un bras autour de ma taille et me souleva en arrière contre son dos.

Je l'entendis enlever son pantalon avant qu'il ne me guide jusqu'à la table de la salle à manger. Il m'allongea sur la table, levant mes hanches vers son visage pour me dévorer.

Bon sang. Avait-il l'intention de faire *toutes les* positions dès ma première fois ?

Mes genoux s'ouvrirent. Je tentai de lui dire que je voulais sa bite, mais aucun mot ne sortit de ma bouche. Je ne pouvais déjà plus parler. J'étais trop plongée dans les affres de la passion. Tout ce que je pouvais faire, c'était vivre cette magie. Sa merveilleuse langue plongea entre mes lèvres, effleurant le pourtour de mon clitoris. Il l'aspira sans ménagement, et je lui saisis les cheveux et les tirai avec force.

Il poussa un grognement, et lorsqu'il releva la tête, ses

lèvres et sa barbe étaient enduites de mon jus, ses yeux étaient d'un ambre pur. Je voulais voir son loup.

Qu'avait-il dit le premier jour à la cabane ? Que si je courais, son loup voudrait me poursuivre ? Dommage qu'il n'y ait nulle part où courir ici. Il faudrait qu'il me ramène à la cabane.

— Encore plus de ton... réussis-je à dire. Je veux...

D'un seul geste, Cody me tira pour me relever, mes jambes chevauchant sa taille. Il se mit à m'embrasser fougueusement, sa langue pénétrant dans ma bouche, mon goût sur ses lèvres. Nous nous retrouvâmes contre le mur du couloir.

Une des photos de mon père enfant, accrochée par ma grand-mère, s'écrasa au sol.

Cody continua à m'embrasser tout en me plaquant à nouveau contre le mur, se déplaçant pour palper mes fesses et abaisser mon bassin pour qu'il soit au même niveau que le sien. Puis, il me pénétra, me faisant monter et descendre avec ses impulsions qui faisaient trembler le mur. Un autre cadre tomba et se brisa.

Je ris contre sa bouche.

Il gémit dans la mienne.

— Ma belle... je ne suis pas... dit-il d'une voix plus loup qu'humaine...C'est tellement difficile de se retenir, putain.

Il se retenait encore ?

— Alors arrête de te retenir, dis-je, mais quand il releva la tête, je vis que ses canines avaient l'air plus longues.

Je n'avais pas peur. Pas quand mon corps était uni au

sien. Pas quand les vagues de plaisir et le désir croissant m'étouffaient. J'étais simplement fascinée.

Était-ce le Cody bestial que je découvrais maintenant ?

J'adorais cette expérience !

Il me fit bouger du mur et nous descendîmes le long du couloir, nous heurtant au mur de l'autre côté et nous y arrêtant pour continuer nos baisers et ses coups de reins.

Puis, je ne sais comment, nous arrivâmes jusqu'à la chambre à coucher.

Cody me mit sur le dos, mais tourna mon bassin sur le côté et me souleva une cuisse, de sorte qu'il me pénétrait par l'arrière.

Une autre position très agréable. Cet homme savait vraiment ce qu'il faisait.

Je m'abandonnais à lui. M'abandonnais au sexe. M'abandonnais à la sensation d'être totalement satisfaite, soumise et aimée par Cody.

Oui, aimée. C'était ce que je ressentais, en tout cas. Il ne l'avait pas dit, mais c'était là, dans la pièce avec nous. Il y avait le sexe explosif et sauvage, mais il était enveloppé d'une profonde bienveillance. D'une connexion. D'une véritable union.

Cody était l'homme idéal pour moi.

Les doutes que mon père m'avait mis dans la tête n'avaient pas lieu d'être. Je savais que c'était le bon.

Maintenant, Riley. La voix de Cody était devenue une voix de loup. Ses yeux brillaient. Ses crocs brillaient.

Oui, des *crocs.*

Je m'accrochai à son bras musclé, mes ongles griffant sa peau.

— Jouis sur ma bite, ma belle.

Mon Dieu ! Mon corps obéit à son ordre avant même que je m'en rende compte. Mes muscles intimes se contractèrent et se resserrèrent autour de sa bite. Des spasmes de plaisir me traversèrent, partant de mon entrejambe et irradiant dans le reste de mon corps.

Je criai. Ou du moins, de longues syllabes pleines de satisfaction jaillirent de ma bouche.

Cody hurla en arquant le corps.

— Oui, *Riley*, oui !

— Oui, Cody, je répondis. Il était maintenant blotti entre mes jambes et son corps couvrait le mien, son souffle haletant était chaud sur ma nuque, ses baisers retombaient sans fin sur mon visage et mes épaules.

Son cœur battait contre ma poitrine, et j'en savourais la sensation. Je sentais à quel point je l'avais fait vibrer.

J'avais fait ressortir son côté animal... et il avait fait ressortir mon côté sauvage.

23

CODY

— Putain. J'ai failli te marquer, mon ange.

J'étais étalé au-dessus d'elle. Je faisais bien attention à garder mon poids sur mes bras.

Je mordillais l'endroit où mes dents voulaient s'enfoncer, l'endroit où son cou rencontrait son épaule. Je la léchai et l'embrassai à cet endroit. Réalisant que j'avais encore mes vêtements, je me levai et les retirai tous. Je la regardais avec admiration.

Elle était extraordinaire, bon sang !

Tous les problèmes qui nous séparaient et qui nous avaient semblé insurmontables auparavant, notre différence d'âge, son père, le compromis d'une semaine que j'avais fait avec Rob, disparaissaient. Il n'y avait plus que nous deux. Plus rien d'autre ne comptait hormis ces liens. Nous étions ensemble. Et j'avais l'impression que nous pouvions affronter le monde.

— Qu'est-ce que tu veux dire ? demanda-t-elle.

Hein ? Ah oui, bien sûr. Je ne lui en avais pas encore parlé.

Je remontai sur le lit et nous fis rouler sur le côté, puis me relevai sur un coude. Une mèche de cheveux tombait sur son visage, et je la ramenai en arrière. Elle était si belle. Mon loup était heureux de pouvoir enfin la toucher, peau contre peau, à nu.

— Quand un loup trouve sa compagne, il l'imprègne de son odeur pour que les autres métamorphes comprennent qu'elle a été revendiquée.

Riley passa ses ongles dans les poils de ma poitrine. Mon corps fut parcouru par la chair de poule.

— Ah oui ? Comment ?

Je lui embrassai l'épaule.

— Avec une morsure. Une morsure d'amour.

Je m'étais attendu à ce qu'elle réagisse avec crainte, mais ce ne fut pas le cas.

Au lieu de cela, ses yeux s'illuminèrent d'intérêt.

— Je savais que tes dents avaient l'air plus longues ! C'est parce que tu voulais me marquer ?

Je souris et lui caressai la hanche.

— Mon loup *meurt d'envie* de te marquer. Il ne comprend pas ce qui me prend tant de temps.

— Vas-y, lança-t-elle.

J'eus l'impression que mon cœur était subitement remonté se coincer dans ma gorge.

— Quoi ?

— Marque-moi.

— Écoute, Riley. Je ne suis pas sûr d'avoir été très clair. Les loups s'accouplent pour la vie. Une fois que je t'aurai marquée, je ne te laisserai plus jamais partir.

Elle cligna des yeux.

— D'accord, dit-elle d'une voix douce et tendre.

Je ne pus m'empêcher de la dévisager. Je me demandais si je ne l'avais pas baisée trop fort et si son cerveau n'avait pas été un peu trop secoué.

— D'accord ? Tu es prête pour ça ? Tu es sur la même longueur d'onde que moi ?

Elle hocha la tête.

J'ignorai pourquoi, mais mes yeux me brûlaient. La confiance qu'elle m'accordait me touchait profondément.

— C'est... bon sang, c'est incroyable, ma belle, répondis-je en caressant sa nuque du bout du doigt. D'habitude, les loups mordent ici, mais comme tu es humaine et que tu auras une cicatrice, je vais choisir un autre endroit.

L'odeur de la nouvelle excitation de Riley se répandit dans mes marines, comme si l'idée que je la marque l'excitait.

Dieu merci. Elle était géniale. Et j'avais hâte de la marquer. Mais je voulais aussi être absolument certain du fait qu'elle était d'accord avec ça. Le sexe était une chose, mais ça ? Après, aucun retour en arrière n'était possible.

Si j'avais été un humain gentleman, j'aurais d'abord

demandé la bénédiction de son père. Je ne voulais pas que Riley ait à choisir entre nous deux. Mais comme c'était un connard et qu'il ignorait l'existence des métamorphes, il n'avait pas son mot à dire.

Je fis glisser le bout de mon doigt le long de son corps jusqu'à ses fesses.

— Je pourrais te mordre ici. Tu as le cul le plus parfait, le plus facile à fesser, le plus incroyable à baiser que j'aie jamais vu.

— Vraiment ? Sa voix était rieuse, mais elle rougit également. C'était tellement mignon.

— Tu es d'accord pour que je marque ton cul ? Que je morde cette petite pêche ?

— Oui, fais-le, m'encouragea-t-elle.

Je secouai la tête.

— Pas encore. C'est une première fois différente, ma belle. C'est comme le mariage pour les humains. Je veux d'abord régler les choses avec ton père, pour qu'il ne me tire pas dessus.

Elle abaissa les sourcils et dit :

— Il ne le ferait pas ça.

Après ce qui s'était passé aujourd'hui, je n'en étais pas si sûr.

— La bonne nouvelle, c'est que les métamorphes peuvent survivre aux balles. Les trous de balles guérissent en quelques minutes, lui précisai-je en lui faisant un clin d'œil.

Elle se redressa intéressée.

— Ah, oui ? Qu'est-ce que je dois savoir d'autre sur les

métamorphes ? Oh mon Dieu, Tyler. Est-ce qu'il sait pour nous ?

J'acquiesçai.

— Oui, je lui en ai parlé. Il a trouvé ça bizarre au début, et ce sera probablement le cas pendant un moment, mais il est cool avec notre relation.

— Je ne comprends pas comment c'est possible, dit-elle.

— C'est un métamorphe. Il sait ce qu'est une compagne prédestinée. Il sait ce que signifie le fait que j'ai trouvé la mienne en toi.

— Vraiment.

— Alors il ne va pas me tuer parce que tu es avec moi ?

Je ris de son espièglerie. Et cela allégea mon cœur, mon humeur. Maintenant que je savais qu'elle était prête, je pouvais tout lui dire. Tout.

C'était si bon, putain.

— Nous sommes des animaux de meute. Et tu avais raison à propos de Wolf Ranch. Rob Wolf est notre alpha.

— Waouh.

Elle haussa les sourcils.

— Cody ?

— Oui ?

— Je peux voir ton loup ?

— Bien sûr, ma belle.

Je fermai les yeux et me transformai aisément, remplissant son lit de l'énorme corps de mon loup fauve et noir.

Elle sursauta et caressa ma fourrure. Je lui touchai la

main avec ma truffe et posai la tête sur ses genoux. Elle me caressa les oreilles et me murmura à quel point j'étais beau.

Mon loup aimait se montrer. Comme si le fait de lui montrer cette forme incluait Riley dans la meute.

Je me transformai à nouveau.

— Demain, ma belle. Je te présenterai à quelques membres de la meute.

24

___

CODY

Je déposai une assiette remplie de nachos devant Riley.

— Ma belle, je suis désolée qu'il y ait autant de monde ici. Je voudrais te consacrer toute mon attention mais...

Riley fit un geste de la main pour me faire comprendre qu'elle n'avait pas besoin d'excuses, alors qu'au moins cinq clients essayaient d'attirer mon attention.

— Ne t'inquiète pas pour moi. J'aime te regarder travailler.

J'eus toutes les peines du monde à ne pas montrer les dents lorsqu'un connard la frôla en agitant son billet de vingt dollars.

J'étais en train de perdre la maîtrise de mon loup ; il mourait d'envie de la marquer. Comme Riley et moi avions des emplois du temps diamétralement opposés (elle travaillait et allait à l'école le jour, et moi je travaillais le soir) nous n'avions pas beaucoup de temps à consacrer à ce genre d'activités. Et je voulais prendre mon temps avec elle pour le marquage. C'était une chose qui n'arrivait qu'une fois dans une vie.

J'avais prévu de prendre ma soirée pour lui préparer des steaks ce soir (un dîner romantique aux chandelles chez moi) mais deux serveuses s'étaient fait porter pâle, laissant Jimmy tout seul pour servir les boissons. Ce qui signifiait un autre rendez-vous avec moi d'un côté du bar et Riley de l'autre. Pire encore, nous étions débordés. Un groupe turbulent de vingt-cinq gars en excursion de pêche était dans le saloon, ainsi que mes habitués, et je n'avais même pas encore eu l'occasion de débarrasser l'assiette de Riley.

Je lançai un coup d'œil dans sa direction et la vis en train de la porter elle-même jusqu'à la cuisine.

C'était un geste simple mais attentionné. Cela me toucha de plein fouet. La facilité avec laquelle elle pouvait s'intégrer. Je n'avais pas réalisé que j'avais un trou d'un kilomètre de large dans ma vie qui attendait d'être comblé jusqu'à ce que je capte son odeur.

Tyler avait déménagé à Wolf Ranch juste après avoir obtenu son diplôme de fin d'études secondaires. Je ne souffrais pas du syndrome du nid vide parce que c'était sa place et que je le voyais régulièrement. Jusqu'à ma rencontre avec Riley, j'avais été parfaitement satisfait... *sans raison.*

Mes journées et mes nuits n'étaient composées d'absolument *rien* d'intéressant. Je gérais ce saloon depuis que la mère de Tyler était tombée enceinte. Nous avions essayé de vivre ensemble pendant quelques mois, mais nous avions rapidement réalisé que nous ne voulions pas être enfermés dans une relation sans partenaire prédestiné. Anne avait toujours rêvé de trouver son compagnon choisi par le destin, et lorsqu'elle s'était rendue aux Jeux de la Meute à Denver, elle l'avait trouvé.

J'avais rempli mes journées en élevant Tyler et au travail. Maintenant, il me semblait soudain que j'avais laissé tant de choses inexplorées. Et je voulais commencer à les explorer maintenant. Ce soir. Avec Riley.

Il faudrait que le bar se vide un peu pour que je puisse la jeter sur mon épaule et rentrer à la maison.

— Cody ! Par ici.

Quelqu'un me faisait un signe de la main.

Je ne supportais pas qu'on m'interpelle de cette façon au bar. Comme si je ne préparais pas déjà des boissons aussi rapidement et méthodiquement que possible. Comme si j'avais choisi de les ignorer, alors que j'avais déjà les mains pleines.

Mais je fis mon numéro habituel et levai la tête en direction de l'homme tout en attrapant un verre à cocktail. Bon sang, j'étais presque à la dernière rangée de clients.

— Hé, Jimmy, j'ai besoin que tu ramasses quelques verres et que tu fasses tourner le lave-vaisselle, dis-je.

— Ok.

Jimmy tendit la main vers le bar pour débarrasser les

verres vides que les clients avaient posés là, et son coude heurta un verre à moitié plein, le renversant vers lui. Le verre frappa le bord du bar et se brisa, les morceaux tombèrent dans le pire endroit possible : le bac à glace.

— Put...

Il s'interrompit et secoua la tête, exaspéré.

— Désolé, Cody. Il a glissé.

Je grommelai.

Nous ne pouvions plus servir de boissons avec de la glace tant que la machine à glaçons et le bac n'avaient pas été vidés et nettoyés. Je secouai la tête.

— Bon, tu sais quoi faire. Il faut tout vider et vérifier qu'il n'y ait plus un seul morceau de verre dedans.

Je n'en voulais pas à Jimmy. C'était un simple accident, mais je voulais hurler, courir et... baiser ma compagne pour soulager ma frustration.

— Je m'en occupe, dit-il, s'attelant à la tâche pénible qui lui incombait.

Putain de merde. Je me retrouvais donc seul à pouvoir servir au bar, et il ne me restait plus que quelques verres propres pour servir les clients. Je gardai la tête baissée et mélangeai verre après verre pendant que la file d'attente autour du bar atteignait plus d'un mètre de large et s'étendait sur toute la longueur du bar.

Je jetai un coup d'œil vers le siège de Riley pour m'excuser à nouveau.

Putain de merde ! Elle était partie.

Putain de merde. Elle était partie sans dire au revoir ?

— Excusez-moi, les gars.

Je perçus le son de sa jolie voix sans pouvoir la repérer parmi tous ces gens. Un plateau à cocktails traversait la foule, rempli de verres sales.

Riley se faufila derrière le bar et m'adressa un sourire avant de commencer à charger les verres sur le plateau du lave-vaisselle.

Eh bien, bon sang. Elle faisait preuve d'une grande considération et assurance. Quel amour.

— Hé, Cody ! Cody !

J'arrêtai tout ce que je faisais, ignorant tous les clients qui m'appelaient par mon nom et agitaient des billets de banque en l'air et je m'approchai d'elle. Je passai mon bras autour de sa taille par derrière et enfouis mon visage dans son cou pour respirer son odeur.

— C'est vraiment gentil de ta part de venir donner un coup de main, ma belle. Je ne manquerai pas de te remercier plus tard, dis-je en embrassant sa peau.

Elle se tortilla et m'adressa son sourire à fossettes.

— Si tu crois que je vais rester assise sans rien faire pendant que tu te démènes dans tous les sens, tu te trompes. Nous sommes un couple, non ?

Mon cœur s'arrêta. Repartit. Se mit à battre la chamade.

— Répète ça.

Son sourire s'élargit. La tenant entre mes bras, je soulevai le plateau, qui était maintenant très lourd, pour le placer dans le lave-vaisselle et je le mis en marche.

— Nous sommes un couple.

Elle se retourna dans mes bras.

Waouh. Était-ce vrai ? Avais-je conquis son cœur ? Son

allégeance ? Était-elle vraiment prête à ce que je la marque pour qu'elle soit à moi pour l'éternité.

Non, j'allais probablement trop vite en besogne.

— Cody !

Riley se mit sur la pointe des pieds et déposa un baiser sur mes lèvres.

— Tu ferais mieux de continuer ton travail. Je vais aller chercher d'autres verres pour toi. Et tu me remercieras sans aucun doute plus tard.

Elle me fit un clin d'œil.

Je la serrai contre moi et posai une main sur ses fesses, l'autre sur l'arrière de sa tête.

— Mon Dieu, je t'aime.

Riley se figea.

— Quoi ?

— Cody ! Arrête de les prendre au berceau et prépare-nous à boire !

L'espace d'une seconde, je me figeai à mon tour. Étais-je allé trop vite ? Est-ce que j'avais trop présumé ? Mais merde, je n'avais pas de temps à perdre. Ma femelle devait savoir ce que je ressentais pour elle.

Riley scruta mon visage.

— Je t'aime, Riley Abbott. Ce n'est pas seulement parce que mon loup te veut. C'est parce que la nature ne fait pas d'erreur. Tu es la femme parfaite pour moi.

— McIntire ! Arrête de baiser le personnel, espèce de vieux coureur !

J'observai le visage de Riley pour voir si l'une ou l'autre de leurs railleries la dérangeait, mais son expression était douce, ses grands yeux de biche écarquillés.

— Je t'aime aussi, Cody McIntire.

Je lui souris d'un air idiot.

Elle me fit un autre petit baiser sur les lèvres.

— Maintenant, retourne servir tes clients. Je serai là toute la soirée.

25

RILEY

J'adorais regarder Cody travailler. Enfin, sauf quand je voyais toutes les femmes flirter avec lui. Il flirtait aussi, mais je savais que c'était sa façon de faire, un rôle qu'il jouait pour que les gens se sentent bien accueillis dans son saloon.

Je ne pouvais pas en vouloir aux autres femmes parce qu'il était tout simplement viril et magnifique, mais j'avais envie de leur arracher les yeux à cause de mes nouveaux sentiments de possessivité.

Ce soir, cela ne me dérangeait pas tant que ça. Surtout pas maintenant qu'il m'avait dit qu'il m'aimait. J'avais travaillé pendant une heure, desservi les tables et lavé les verres jusqu'à ce qu'il y ait moins de monde. Le grand groupe de touristes était parti et les choses étaient revenues à la cadence normale de Cooper Valley.

Le groupe qui devait jouer arriva et commença à s'installer pendant l'accalmie entre happy hour et la foule des noctambules, mais la musique country continua à retentir dans les haut-parleurs pendant ce temps.

Je m'affalai sur mon tabouret au bar où Cody me versa un soda avec du citron vert, le faisant ressembler à un cocktail avec la fine paille à cocktail et tout le reste, mais il était *totalement* sans alcool au cas où quelqu'un du département du shérif reviendrait à nouveau pour vérifier les cartes d'identité des clients. Je parlais de mon père, bien entendu, mais je ne doutais pas qu'il avait sûrement réfléchi à autre chose pour embêter Cody s'il continuait à se comporter comme un vieux grincheux.

Ce fut pendant cette accalmie que Boyd Wolf et sa femme entrèrent. Je ne les connaissais pas personnellement, mais Boyd avait été une célèbre star du rodéo avant de quitter le circuit et était assez célèbre à Cooper Valley. Il avait quitté le circuit et s'était installé avec le docteur Ames, la gynécologue-obstétricienne de la ville. Voilà tout ce que je savais d'eux. Savait. Au passé. Cette semaine, cependant, j'avais découvert le secret de Boyd Wolf.

Je l'observai, à la recherche d'une quelconque preuve indiquant que c'était un loup. Il y avait son physique. Ils avaient tous cela en commun, Cody, Tyler, Boyd et son frère, Rob Wolf. Des gars grands et beaux, avec des muscles parfaits et bien taillés. J'avais grandi dans cette ville et toujours supposé que la moitié des hommes du comté étaient si costauds parce que c'étaient des cow-boys. Que leurs corps avaient été façonnés et taillés à force de dur labeur et de travail manuel. Maintenant, je savais que c'était probablement parce que certains d'entre eux étaient aussi dotés de gènes de loup.

Cody le salua et leva un doigt, car il parlait avec un client à l'autre bout du bar. Boyd lui répondit par un signe de la main, mais me sourit, comme s'il me reconnaissait, et inclina légèrement son chapeau. Il accompagna sa femme jusqu'au bar et ils s'installèrent sur les tabourets vides à côté de moi.

— Bonjour, Boyd Wolf, dit-il en me tendant la main.

Le docteur tendit également la main.

— Je m'appelle Audrey.

On se serra la main.

— Riley Abbott.

— Oui, la fille de l'adjoint Abbott, dit Boyd en souriant.

— Oui. Et la petite amie de Cody.

Petite amie. Voilà, je l'avais dit, et ça m'avait fait plaisir. Non, plus que plaisir. J'étais fière d'être la compagne de Cody, et je voulais montrer aux autres métamorphes que j'étais l'une d'entre eux maintenant. Enfin, un peu comme eux.

— Boyd, viens ici et règle un différend à propos de boucles de ceinture de rodéo entre ces deux abrutis, lui lança Cody en désignant deux hommes qui semblaient en désaccord.

Boyd sourit et se dirigea vers le bar pour arbitrer pendant que Cody préparait les boissons.

Une fois qu'il fut parti, Audrey se tourna vers moi.

— Je suis ravie que les choses se passent bien entre toi et Cody. C'est un type super.

Je me demandais si elle savait que je le savais.

— Oui, c'est un ange.

Audrey se rapprocha de moi et mit une main sur la mienne. Elle me regarda droit dans les yeux. J'eus l'impression qu'elle allait me dire que j'avais besoin d'une ablation de l'appendice ou quelque chose comme ça.

— Écoute, je sais à quel point il peut être bouleversant de découvrir que son nouveau petit ami est aussi d'une autre espèce.

Elle avait baissé le ton sur le mot « *espèce* », au point où je l'entendis à peine.

— Tu *sais,* dis-je, les yeux écarquillés.

Elle éclata de rire, puis murmura :

— Je suis mariée à l'un d'entre eux, il est donc difficile de ne pas remarquer que ton compagnon n'est pas seulement grognon de nature, mais qu'il peut aussi se transformer en loup.

Je me mordillai la lèvre, me demandant si je devais poser la question.

— Alors... hum, tu n'es pas un loup, toi ?

J'avais baissé la voix pour m'adapter à la sienne. Les membres du groupe étaient en train d'accorder leurs instruments, et le son aigu d'une guitare remplissait l'air, si bien qu'il était difficile pour quiconque d'entendre quoi que ce soit. Néanmoins...

Elle secoua la tête.

— Non. J'étais la doctoresse au rodéo quand Boyd s'est fait encorner par un taureau. Imagine le choc que j'ai eu lorsque sa blessure a semblé guérir sous mes yeux ! Je suis restée scotchée.

Cody avait dit qu'il guérirait si on lui tirait dessus, mais si on l'encornait ? Je tressaillis, rien qu'en pensant à cette horrible blessure.

Mon cerveau se mit à diverger. Le protocole de la meute prévoyait-il l'accouplement de toute personne qui découvrait la vérité ? Peut-être que cette histoire d'accouplement avec Cody n'était pas vraiment une histoire de destin, mais plutôt une obligation. Le doute habituel s'immisça dans mon esprit comme une allumette sur un silex. Non. Non. Je devais arrêter de douter des intentions de Cody. De m'inquiéter en pensant que j'étais trop jeune pour lui. Ou de penser que les coureurs de jupons ne pouvaient jamais se caser. Ou d'attendre qu'il parte. C'était mon plus gros doute, et je reprochais à mon père d'être à l'origine de tout cela et d'autres inquiétudes dans ma tête.

— Quoi qu'il en soit, je veux juste que tu saches que je suis là pour discuter de tout ça. Comment garder un secret vis-à-vis de sa famille. Comment réussir à s'intégrer dans un nouveau monde. Je serai là quand tu voudras.

— Merci, dis-je en souriant à la femme plus âgée que moi, mais probablement plus jeune que Cody. Merci vraiment. J'ai un million de questions.

Audrey sortit une carte de visite de son sac à main, écrivit son numéro de téléphone portable au dos de la carte et me la tendit.

— Tiens, appelle-moi quand tu veux. Ma sœur s'est aussi accouplée avec un frère Wolf, et elle est plus proche de ton âge. Peut-être que nous pourrions nous retrouver tous les trois pour passer un moment ensemble.

Vraiment ? Deux femmes avec qui je pouvais parler et qui connaissaient les métamorphes ? Et sympa, en plus ?

— Ça me ferait plaisir.

Il y avait moins de monde autour du bar maintenant. Audrey et moi nous rapprochâmes de l'endroit où Cody et Boyd étaient en train de bavarder. Un autre homme s'était joint à leur conversation, parlait et faisait des gestes bruyants. Il avait manifestement déjà bu quelques bières. La voix de l'homme retentit comme s'il ne savait pas chuchoter :

— Comment est-ce que je peux faire comme Cody avec les femmes ? Ici, soit elles ont déjà couché avec lui, soit elles veulent coucher avec lui.

Une partie de la chaleur rayonnante qui s'était installée dans ma poitrine s'évanouie.

— Eh bien, tu as de la chance. Je ne suis plus sur le marché maintenant. Toutes les femmes sont pour toi, Hank.

Cody était génial, manifestement doué pour gérer les hommes qui avaient trop bu.

Le type, Hank, leva son verre en guise de salut.

— Montre-moi ta façon de faire, ô grand homme. Tu as

répandu ta semence très loin, Monsieur qui sait si bien charmer les dames.

Cody croisa mon regard d'un air navré.

— Non, pas de semence dispersée. Tu te trompes de type, mon vieux.

— Bien sûûûûr, dit-il en s'essuyant la bouche du revers de la main. Tu as appris cette leçon à la dure avec Tyler, hein ? Et après ça, tu es sorti bien couvert.

Couvert...

— Un seul a suffi, acquiesça Cody. C'est terminé ça pour moi.

Il en avait définitivement terminé.

J'eus soudain l'impression d'avoir une pierre dans l'estomac. Cody n'avait pas prononcé ces mots sur le ton apaisant qu'on utilise pour faire taire un type éméché. Il les avait prononcés comme s'il les pensait vraiment. Comme s'il n'y avait aucun doute dans son esprit. Comme s'il *en avait définitivement terminé* avec les enfants.

Oh, mon Dieu.

Papa l'avait mentionné pendant notre dispute, mais il avait cité tellement de raisons pour lesquelles Cody n'était pas un homme pour moi que j'avais ignoré ce point. Je m'étais focalisée sur la question de savoir si Cody me désirait réellement. Quand il avait dit pour toujours, j'avais supposé que cela signifiait... tout. Mais cela n'avait pas voulu dire *tout*, s'il ne voulait pas d'autres enfants.

Mon Dieu, il en avait déjà élevé un.

Quand je m'imaginais avoir des enfants, ce n'était pas

en tant que belle-mère de mon propre copain de lycée. J'avais l'impression d'être dans un mauvais téléfilm.

Je voulais une maison pleine de bruit, de rires et d'une ribambelle d'enfants. Des bébés, pas un jeune de dix-neuf ans.

Notre relation ne semblait maintenant plus aussi parfaite. Mon Dieu, c'était parce que j'étais si inexpérimentée ! Pourquoi n'avais-je pas réfléchi à tout cela ? Pourquoi avais-je cru Cody, ce n'était pas parce qu'il avait dit tout ce qu'il fallait que tout allait bien se passer ?

Parce que tu as dix-neuf ans et que tu n'as jamais été avec un homme. Pas même un garçon de ton âge comme Matt ou Ethan. Je m'étais jetée à corps perdu dans l'aventure ...sans réfléchir.

Le groupe entonna une chanson.

— Hé, Hank, pourquoi tu n'irais pas voir si une de ces femmes veut danser ? suggéra Cody.

Hank descendit du tabouret du bar et avala sa bière. Il était un peu chancelant mais danserait probablement mieux à moitié ivre de toute façon.

— Oui, bonne idée.

— Vas-y, mon pote, lui dit Boyd en lui donnant une tape dans le dos avec un sourire.

Audrey se colla à lui et il passa un bras musclé autour de sa taille.

— Riley, tu as l'air d'être une fille adorable. Je suis heureux que les choses s'arrangent entre vous deux, dit Boyd, comme s'il y avait eu un doute à ce sujet.

Le regard de Cody se posa sur moi. Il me fit un clin d'œil.

Les paroles de Boyd venaient de déclencher un signal d'alarme, mais je ne savais pas trop pourquoi. Je déglutis.

— Comment ça, s'arrangent ?

Boyd ne remarqua pas mon inquiétude–il était trop exubérant après avoir passé du temps avec les clients ivres. Il se mit à rire.

— Rob a dit que si quelqu'un pouvait faire tomber une femme amoureuse de lui en une semaine, c'était bien Cody !

Je reculai, soudain pris de vertige.

De quoi parlait-il ?

— Une semaine ? dis-je d'une voix étranglée.

Il faisait beaucoup trop chaud ici. Je cherchai le regard de Cody. Qu'est-ce qu'il voulait dire par « une semaine » ?

Boyd se rendit compte de son erreur et son sourire s'effaça. Le front d'Audrey se plissa d'inquiétude.

Le regard de Cody se porta sur eux deux, ce qui fut le point décisif pour moi. *Ils savaient tous quelque chose que j'ignorais.*

— Non... ce n'est rien, ma belle, dit-il d'une manière qui me faisait croire exactement le contraire.

Mon estomac, déjà nauséeux, se serra. Les larmes me brûlaient les yeux. Je me souvins de ce qu'Audrey avait dit, Boyd s'était mis en couple avec elle après avoir découvert son secret.

Oh, mon Dieu ! C'était ça ? Rob lui avait dit que je devais tomber amoureuse de lui, pour que je ne parle à personne de ce que j'avais vu sur le sentier ? Peut-être avait-il pensé que Tyler n'avait pas les épaules nécessaires pour faire tomber une femme amoureuse, et que cette tâche incombait donc à Cody.

Un séducteur de femmes plus expérimenté. *Un coureur de jupons professionnel.*

J'avais envie de vomir.

— C'était quoi cette histoire de semaine ? demandai-je. Une semaine pour me revendiquer ?

Maudite soit l'hésitation de ma voix !

Boyd et Cody jetèrent un coup d'œil autour d'eux, comme s'ils craignaient que quelqu'un m'ait entendue dire « revendiquer ».

— Non, répondit Cody en secouant la tête. Ce n'est pas ça. Écoute, ma belle. Allons dans un endroit privé pour parler.

Maintenant, il voulait juste me faire sortir d'ici avant que je ne révèle leur précieux secret.

Je fis un pas en arrière.

— Non ! Je ne veux aller nulle part avec toi. Si tu as quelque chose à dire, tu peux le dire ici, devant tout le monde.

Cody se rapprocha du bar et baissa la tête pour parler à voix basse.

— D'accord, écoute, C'est comme je te l'ai déjà dit. Rob voulait que j'efface ta mémoire. C'est pour ça que je t'ai enlevée dans la maison de ta grand-mère. J'ai fait un marché avec lui, je lui ai demandé une semaine.

— Un marché, murmurai-je parce que j'étais soudainement à bout de souffle.

Je m'éloignai en titubant, manquant de trébucher sur

un tabouret, pour m'éloigner de son emprise enivrante. De son magnétisme. Il semblait penser que son explication améliorait la situation, mais ce n'était pas le cas.

Une semaine. C'était comme un jeu. *Un marché.*

J'avais été manipulée. On s'était moqué de moi. Je me sentais *complètement stupide* à cet instant précis.

Mon père avait eu raison. Cody était comme ma mère. Un manipulateur. Mais c'était encore pire qu'elle. Son but n'avait pas seulement été de me dépuceler ou de me baiser. Il m'avait séduite pour acheter mon silence.

C'était répugnant.

Je me sentais répugnante.

— Alors, quoi ? Est-ce que tout le monde faisait des paris sur le fait que Cody, l'homme à femmes, pouvait se faire une vierge ou un truc dans le genre ?

Je commençais à pleurer.

Boyd avait l'air fâché. Audrey sembla suffisamment préoccupée pour poser sa main sur mon bras. Cody fronçait les sourcils.

— Quoi ? Non. Absolument pas.

Il se rapprocha du bar, comme s'il voulait me toucher. Je ne pouvais pas le laisser faire.

Je levai la main.

— Reste où tu es.

Pour une fois, Cody fit ce que je lui demandais, il resta de l'autre côté du bar, l'air dépité.

— Ça a marché. Je suis tombé amoureuse de toi, et ça n'a pris que... quatre jours. Peut-être que c'est un nouveau record pour toi.

— Ma belle, grogna-t-il.

— Ne me fais pas le coup du « ma belle ». Mon Dieu, tu appelles toutes les filles comme ça, pour ne pas avoir à te souvenir de leur nom ?

J'éclatai d'un rire amer.

— Riley, calme-toi et réfléchis. Je ne voudrais pas...

Je levai les deux mains comme pour empêcher un train de marchandises de me foncer dessus.

— Oh là, là, il ne faut jamais dire à une fille de se calmer, murmura Audrey à elle-même.

— Je ne voudrais pas... quoi ? demandai-je à Cody. Rester maintenant que je t'ai dit que je t'aimais ? Avoir des enfants ? Oui, je sais. Tu en as définitivement terminé avec ça, c'est bien ça ?

Sa bouche se referma pour ne former qu'une ligne droite. Il se taisait maintenant.

Je secouai la tête, me passai une main sur le visage.

— Tout ça n'était qu'un jeu pour toi, sinon pourquoi serais-tu avec moi en *sachant... en sachant que* tu ne me donneras pas tout ce que quelqu'un de mon âge voudrait, sauf si ce n'était qu'un jeu ? Un *marché*.

— Ce n'était pas un jeu. Tu sais ce que tu es pour moi.

Il regarda à nouveau autour de lui, comme s'il ne pouvait pas prononcer le mot *compagne* à voix haute.

Je me gaussai de lui :

— Je n'y crois plus. Pourquoi maintenant ? Nous nous sommes déjà rencontrés. J'ai grandi dans cette ville, et tu n'as jamais montré la moindre once d'intérêt pour moi jusqu'à ce que je voie un loup se battre avec un puma sur un sentier.

— Je ne savais pas jusqu'à maintenant.

Je lui adressai un regard sévère.

— Arrête tes mensonges. Je ne veux plus entendre parler de cette histoire.

Mon Dieu, j'avais mal.

Mais le pire, c'était que mon père avait eu raison. À propos de tout. J'avais *joué à l'adulte*. J'étais blessée *et* humiliée. Maintenant, mon père allait être encore plus protecteur et se mêlerait encore davantage de ma vie amoureuse parce que j'étais une vraie idiote.

Je me dirigeai vers la porte, me faufilant entre les tables et les gens qui s'amusaient. Je ne paniquais pas parce que le type qui avait dit qu'il l'aimait tout à l'heure ne l'avait dit que pour conclure un *marché,* bon sang. *Je t'aime* était sur sa ligne d'arrivée.

— Riley, attends ! cria Cody en me suivant et en m'attrapant le coude. Je t'en prie. Il faut qu'on en parle.

Je secouai la tête, de nouvelles larmes coulant sur mon visage.

— Je ne suis pas l'une de tes conquêtes. Il n'y a rien à dire. Dis à Rob de ne pas s'inquiéter, je vais t'oublier.

26

CODY

— Riley !

Je tendis le bras pour lui attraper à nouveau le sien, mais Boyd m'attrapa par l'épaule et me tira en arrière. Je me retins de justesse de me retourner et de lui donner un coup de tête. Je voulais me battre, laisser sortir mon loup et me battre avec lui, mais ce n'était pas possible.

— Laisse-la, dit-il d'un ton sec.

Il ignorait que j'étais à deux doigts de lui arracher la gorge.

— Non, dis-je en grognant. Je dois arranger ça.

— Boyd a raison, elle n'écoutera rien de ce que tu as à dire pour l'instant, dit Audrey en se rapprochant, mais pas trop. Elle faisait partie de la meute depuis assez longtemps pour savoir qu'il ne fallait pas s'interposer entre deux mâles en colère.

Mon loup hurla de douleur.

— *C'est ma compagne.*

L'avoir vue franchir la porte, des larmes coulant sur son beau visage, et savoir que je les y avais mises, me donnait envie de me frapper moi-même.

— Ça n'a pas d'importance. Même les compagnons ont parfois besoin de recul, dit Audrey.

— Qu'est-ce que je dois faire ?

Ce n'était pas mon genre de demander des conseils sur la façon de se comporter avec une femme. Mais Riley n'était pas une femme ordinaire.

Elle était toute ma vie.

Je ne me souciais même pas des implications pour la meute. Il ne s'agissait pas du fait qu'elle connaisse notre secret. Ça n'avait jamais été le problème pour moi.

Mais à un moment ou à un autre, je l'avais laissée croire que c'était le cas.

Bon sang !

— Donne-lui une heure ou deux pour se calmer. Puis contacte-la.

Je grognai. Je n'aimais pas son conseil. Putain, je ne voulais pas le suivre. Mais je n'arrivais pas à réfléchir avec les bruits qui résonnaient dans ma tête. Avec mon loup qui grognait pour se libérer et partir à sa recherche.

Une heure ou deux. Comment pourrais-je vivre aussi longtemps en sachant que ma compagne souffrait ? En sachant qu'elle souffrait et que j'en étais la cause ? En sachant que j'étais le seul à pouvoir y remédier ?

Mais comment ? Je devais prouver à Riley que mon amour était réel. Que rien de tout cela n'était une forme de manipulation. Qu'elle était mon éternité, qu'elle connaisse notre secret ou non.

— J'ai besoin de courir, marmonnai-je, et Boyd et Audrey savaient tous deux ce que cela signifiait. Mon loup avait besoin de sortir, ou je commencerais à devenir fou.

Boyd inclina la tête vers la porte.

— Vas-y. Fais sortir ton agressivité, pour que tu puisses avoir les idées claires.

Je hochai la tête.

— Il faut que je fasse le nécessaire.

Boyd posa une main sur mon épaule et me secoua brutalement.

— Tu le feras.

Je ne partageais pas sa confiance. Je ne savais pas ce que je pouvais faire ou dire à Riley pour lui faire comprendre ce qu'elle représentait pour moi.

Tout ce que je savais, c'était que si je ne trouvais pas la réponse, je ne survivrais pas sans elle.

27

RILEY

J'entrai dans le garage et éteignis le moteur. Non pas chez ma grand-mère, mais chez mon père. C'était le *dernier* endroit où j'avais envie d'être (mon Dieu, vraiment) mais je n'avais pas trop le choix. Lila était partie à son école. Wendy et Alice savaient que Cody m'aimait bien, depuis la soirée bowling et la façon dont il m'avait suivie jusqu'aux toilettes, d'où j'étais revenue toute retournée d'un orgasme. Mais je ne pouvais pas manger de la glace avec elles pour oublier mon malheur, car que pouvais-je bien dire ?

Oui, je me suis fait baiser (de plus d'une façon) par Cody McIntire parce qu'il avait parié avec son ami que je pourrais tomber amoureuse de lui en moins d'une semaine.

C'était la vérité et il y avait de quoi fulminer pendant un long, très long moment. Et c'était sans compter la question des métamorphes. Le truc de l'effacement de l'esprit. Tout ça.

Parce que Cody était un métamorphe. Il chassait ses proies. Je le savais de première main. Puisque je m'étais enfuie, je pensais que son loup le pousserait à me poursuivre. Je ne pouvais pas accepter ça. Pas maintenant. Mon Dieu, jamais.

Je fermai les yeux et me laissai tomber contre l'appui-tête. J'avais roulé sans but, en réfléchissant. Furieuse. Je méritais des coups de pied au cul pour avoir été si stupide. Mes larmes s'étaient arrêtées assez rapidement puisque je ne voyais plus la route, et je ne voulais surtout pas me faire arrêter par mon père. Comme il travaillait de nuit, c'était une possibilité.

Sachant que je tomberais tôt ou tard en panne d'essence, je me rendis au seul endroit où Cody n'oserait pas faire irruption. Chez mon père.

La porte du garage se referma derrière moi, seul le plafonnier illuminait l'espace.

Je mourrais de HONTE. Je n'avais jamais vécu ce genre de situation. J'étais tombée amoureuse d'un type contre lequel mon père m'avait mise en garde. Je lui avais jeté à la figure son expertise. Maintenant j'allais avoir droit à « je te l'avais bien dit ». Ou il me regarderait avec pitié. Je ne savais pas ce qui était le pire.

Et qu'allais-je dire à ma grand-mère ?

Au moins, j'avais un répit pour la nuit.

Je saisis mon sac à main, sortis de la voiture, puis entrai dans la cuisine en passant par la buanderie. Comme la lumière au-dessus de la cuisinière était allumée, je n'en allumai pas d'autres. C'était chez moi. Là où j'avais grandi. Où tout était familier.

Pourtant, ces derniers jours, tout m'avait semblé... différent.

Les magnets ridicules étaient toujours sur le frigo. La tasse à café de papa était à l'envers sur l'égouttoir à vaisselle, comme à l'accoutumée. C'était moi qui avais changé.

Cody m'avait changée. Il m'avait fait comprendre que je ne devais pas faire de compromis sur ce que je voulais. Que je valais plus que n'importe quelle maigre promesse de relation que Matt, Ethan ou un autre gars pouvait m'offrir. Je méritais tout ça.

Je pensais que j'avais trouvé mon bonheur avec Cody.

Mais non. Je n'étais qu'une gamine stupide.

Les larmes recommencèrent à couler et je m'appuyai contre le plan de travail jusqu'à ce que le pire soit passé. Il était temps d'aller au lit. De pleurer pour m'endormir. Je passai dans le salon pour me rendre dans ma chambre.

— Je me demandais combien de temps tu allais pleurer. Putain, les femmes !

Ce n'était pas Cody. Ce n'était pas mon père. C'était... je ne savais pas *qui* c'était.

Mais il était assis dans le fauteuil de mon père, une arme à la main. Et il pointait son arme sur moi.

28

RILEY

MA PEAU PICOTAIT sous l'effet de l'adrénaline. Mon rythme cardiaque était à son maximum. Je restai figée, un pied devant l'autre, comme si j'avais été frappée par un pistolet paralysant.

— Qui....qui... qui êtes-vous ?

Il tendit la main et alluma la lampe.

La lumière me fit cligner des yeux, mais rendit l'homme et l'arme qu'il tenait plus visibles.

Je ne l'avais jamais vu auparavant. Je ne pouvais pas deviner sa taille parce qu'il était allongé, très confortablement, dans le fauteuil inclinable, mais il était grand. Peut-être de la même taille que mon père, et très costaud. Des mèches de cheveux bruns retombaient jusqu'à son menton. Des yeux foncés. Des joues creuses.

Une moustache. Un tatouage émergeait du col de son t-shirt blanc, avec le logo d'un groupe de heavy metal vintage. Il portait un jean et de grosses bottes de chantier.

Et un regard maléfique qui reluquait mon corps de haut en bas.

— Tu dois être la fille. Vu le nombre de photos de toi sur les murs.

Son regard ? Il se transforma en quelque chose d'autre. Prit un air malsain, pervers.

J'avais peut-être été droguée et kidnappée par Cody. Attachée à un lit. J'avais été effrayée, bien sûr. Mais rien de tel que maintenant.

Il allait me faire du mal et utiliser ce pistolet.

— Encore mieux.

Je déglutis difficilement, mais ma bouche était si sèche que j'en avais mal.

— Tu veux savoir qui je suis, ma belle ?

Voulais-je le savoir ? Je voulais remonter le temps et me retrouver dans ma voiture en train de rouler autour de la ville. N'importe où sauf ici.

Je hochai la tête parce que je me doutais que c'était ce qu'il voulait.

— Neil Kobchek.

Je clignai des yeux. Son nom ne me disait rien.

Il souffla.

— Ton père ne t'a pas parlé de mon frère, on dirait.

Je reculai d'un pas lorsqu'il bascula en avant dans le fauteuil et se leva. Il me surplombait. Je reculai à nouveau.

— Non, reste là.

Comme si j'allais m'enfuir alors qu'il avait une arme ! Est-ce qu'il me poursuivrait comme Cody l'avait fait ?

Cody. J'avais besoin de lui en ce moment. J'avais besoin de toute la police.

— Mon frère est celui qu'il a mis derrière les barreaux pour vingt ans.

Oh. *Oh.*

Le procès à Bozeman. Le merdier qu'il avait mentionné.

— Je suis... désolée que votre frère soit en prison, dis-je d'une voix chevrotante.

Je n'étais pas désolée. S'il était condamné et qu'il devait passer deux décennies en prison, c'était qu'il avait dû faire quelque chose de grave. Comme tenir quelqu'un en joue dans sa propre maison. Pourquoi ce type n'était-il pas lui aussi en prison ?

Il rit, puis s'arrêta. Aucun sourire n'ornait son visage effrayant.

— Moi aussi, lança-t-il. Il est temps que ton père soit désolé, lui aussi.

Il se rapprocha de moi et leva les yeux au ciel. Je tressaillis, mais il ne fit que passer ses doigts dans ses cheveux.

Je tremblais maintenant. La bile me monta à la gorge.

— S'il vous plaît, ne me touchez pas, murmurai-je.

Sa main retomba. Son regard se durcit.

— Je ne suis pas un violeur, dit-il d'un ton hargneux, comme s'il avait un code d'honneur, comme si je l'avais insulté.

Je soufflai doucement et eus envie de pleurer de soulagement.

— Je suis un tueur.

Merde.

— J'attendais ton père, mais c'est encore mieux. Il doit souffrir dans sa propre cage, comme mon frère va souffrir. Appelle-le et fais-le venir ici. Il regardera pendant que je te mettrai une balle dans la tête.

Je secouai la tête sans réfléchir. Je n'avais pas envie d'avoir une balle dans la tête. Mais il devait penser que je refusais d'appeler papa.

— APPELLE-LE !

Je sursautai.

— Ok. D'accord. Mon portable est dans mon sac à main dans la cuisine.

Il hocha la tête et agita son arme pour m'indiquer que je devais aller le chercher.

Je retournai dans la cuisine et sortis mon portable. Mes doigts tremblaient tellement que je le fis tomber sur le plan de travail avec un bruit sourd. Qu'est-ce que j'allais faire ? Si papa se montrait, il mourrait. Nous mourrions tous les deux. Je devais le prévenir. *Je devais l'avertir.*

— Et pas de plan foireux.

Il était de l'autre côté de l'îlot central.

Je pouvais essayer de m'enfuir par le garage, mais la porte était baissée. Je serais morte avant qu'elle ne soit à moitié remontée. Il bloquait la seule autre sortie.

— Dis-lui de rentrer parce que le chauffe-eau est cassé.

— Il a été remplacé cet hiver, dis-je. Mon Dieu,

pourquoi venais-je de dire ça ? Mes pensées et ma bouche n'étaient pas synchronisées.

— D'accord, alors dis-lui quelque chose qui le fasse rappliquer ici. Maintenant.

Je hochai la tête.

En déverrouillant mon téléphone, je vis dix messages et trois appels manqués. Tous de Cody.

Cody. Il pouvait me sauver. *Il survivrait si on lui tirait dessus.* C'était ce qu'il avait dit quand papa l'avait menacé.

Il ne pouvait pas mourir.

J'appuyai sur le bouton et l'appelai.

— Riley !

Cette voix. Ce grognement profond empreint de colère et de frustration remplit mon cœur, mouilla ma culotte et me donna de l'espoir.

— Papa. J'ai besoin que tu rentres à la maison. Tout de suite.

Pendant un long moment, Cody resta silencieux. Je n'entendais que les battements de mon cœur dans mes oreilles. Tout ce que je voyais, c'était l'homme et son arme.

— Qu'est-ce qu'il y a, Riley ?

— J'ai rompu avec Pete.

Il était de nouveau silencieux, essayant de comprendre pourquoi je disais ce que je disais.

— Papa, tu es là ? demandai-je, espérant qu'il comprendrait pourquoi je l'appelais ainsi. Ce n'était pas du tout notre truc. En fait, je trouvais cela un peu dégoûtant, surtout si l'on considérait notre différence d'âge.

Cody hésita. J'espérais qu'il avait compris que je lui envoyais un message.

— J'arrive.

— Je sais que tu voulais que je sorte avec quelqu'un de plus âgé, de plus mature. Tu avais raison. Tu me ramènes de la glace ?

Le type brandit son arme, pas content.

— Tu es chez ta grand-mère ?

— Non. Je suis à la maison.

— D'accord, j'arrive tout de suite.

Je pleurais de soulagement et les larmes coulaient sur mes joues.

— Merci, papa. À tout de suite.

29

CODY

Les poils de ma nuque se hérissèrent. Mon loup laissa échapper un grognement audible. Riley avait un problème.

Un gros problème. Quelque chose qui dépassait le cadre de notre dispute. En fait, un problème suffisamment grave pour qu'elle m'appelle malgré notre rupture.

Les pneus de ma Jeep crissèrent lorsque je fis demi-tour et partis en trombe dans sa direction.

J'avais pris la direction du canyon pour laisser sortir mon loup et courir quand elle m'avait appelé. Voir son nom sur l'écran de mon portable m'avait d'abord soulagé, mieux que n'importe quelle drogue. Mais quand elle m'avait appelé papa, j'avais tout de suite su que quelque chose n'allait pas. Parce qu'elle n'avait jamais voulu que je sois son père. Puis elle avait dit qu'elle avait rompu avec *Pete*. Ce petit voyou du bowling. Comme si un truc pareil aurait pu se produire. À ce moment-là, j'avais compris qu'elle essayait de me dire quelque chose. Je ne savais pas ce qui se passait, sauf qu'elle avait besoin de moi. *Maintenant.*

Mon loup voulait sortir, que je me transforme et que je me mette à courir. Mais même si je courais vite sous ma forme de loup, je n'étais pas aussi rapide que la Jeep. Surtout lorsque je ne respectais pas toutes les règles de vitesse. Ne sachant pas ce que j'allais trouver, je me garai au bout du pâté de maisons et m'approchai doucement de la maison. Heureusement que c'était dans un vieux quartier avec une tonne d'arbres et d'arbustes qui séparaient les propriétés. Je ne voulais pas qu'un voisin appelle les flics. Enfin, peut-être que si, mais tant que je ne saurais pas ce qui me faisait sortir de mes gonds, mon loup et moi, je voulais rester caché.

Il y avait une lumière allumée dans la pièce de devant, mais avec les stores tirés, je ne voyais rien.

En me frayant un chemin jusqu'à l'arrière de la maison, je jetai un coup d'œil par la fenêtre de la cuisine.

Putain de merde. *Putain de merde !*

Ma belle était là, avec un enculé qui tenait un flingue pointé sur elle. Elle était assise à la table de la cuisine, les mains posées sur la surface en bois. Est-ce qu'elle tremblait ? Elle me tournait le dos, je ne pouvais donc pas voir son visage. Mais je pouvais voir l'homme. Je ne l'avais jamais vu auparavant. Il n'était clairement pas de Cooper Valley.

Je pouvais entrer en trombe et lui arracher la tête.

Littéralement. Lui briser le cou. Le tuer. Mais Riley était juste là. Je pouvais peut-être survivre à une blessure par balle, mais pas elle.

Qui était ce type, et pourquoi la retenait-il en otage ?

J'avais besoin d'aide. D'une aide réelle, pas d'une bande de loups qui éliminerait un sale type dans la cuisine de l'adjoint du shérif.

En dépit de tous mes instincts, je m'éloignai de la maison et ne sortis mon téléphone portable que lorsque je me trouvai sur le trottoir, trois maisons plus loin.

— Abbott.

— C'est Cody. Nous avons un problème.

— Ouais, c'est toi mon putain de problème.

Je ne pus retenir mon grognement de loup.

— Quelqu'un tient Riley en joue chez toi.

— Quoi ? rétorqua-t-il alors que j'entendais des bruits de pas comme s'il courait déjà vers son véhicule...

— Si tu n'es pas là dans deux minutes, j'entre.

Je n'avais que peu de patience lorsque ma compagne était en danger.

— Non ! N'entre pas. C'est une opération de police, aboya Kyle. Reste où tu es. Une porte de voiture claqua et j'entendis le moteur démarrer. Le poste de police n'était qu'à quelques minutes de là. Pourtant, cela me semblait bien trop loin.

Il était hors de question que je n'entre pas.

— Gare-toi au niveau d'Elm Street. Je te retrouve là-bas.

30

CODY

Il ne se gara pas sur Elm.

Je regardais attentivement par la fenêtre arrière pour être sûr que Riley était toujours en vie quand mon ouïe de métamorphe capta le bruit d'une voiture arrivant et se garant dans le quartier se trouvant de l'autre côté.

Putain d'enfoiré.

Je me précipitai dans cette direction.

Il voulait me laisser en plan. Il était hors de question que je laisse le père de ma compagne entrer dans cette maison. Pas quand j'avais déjà deviné que le tireur était là pour lui. Je me souvenais de ce que Levi avait dit à propos des menaces de mort qui avaient été proférées en rapport avec le procès auquel Kyle avait participé la semaine dernière.

Et Riley m'avait appelé « papa ». Comme si elle avait fait semblant d'appeler son père et de vouloir qu'il rentre à la maison.

J'arrivai au coin de la rue, courant bien plus vite qu'un humain, et je vis Kyle qui s'approchait de la maison et qui sortait son arme. Je me jetai sur lui, l'entraînant en arrière et le projetant contre la clôture de Bernice Elton.

— *Elm Street*, crétin, soufflai-je à voix basse.

— C'est un homme mort, souffla Kyle.

Kyle essaya de lever son arme, mais j'attrapai son poignet et le tins d'une poigne de fer.

Sa bouche s'entrouvrit de surprise. Je révélais mon secret à un autre humain en lui montrant ma force exceptionnelle. J'enfreignais à nouveau la loi de la meute, mais je m'en moquais. Ma compagne était menacée. Rien d'autre ne comptait. Je pourrais toujours lui faire effacer la mémoire.

Il fallait que j'aille sauver Riley, mais je ne pouvais pas le faire en risquant que son père se fasse tirer dessus. Ma compagne avait besoin de lui vivant, qu'il soit d'accord ou non avec notre relation.

— Ouais, c'est sûr et certain. Écoute-moi. C'est moi qui vais entrer, chuchotai-je, l'air féroce. Les balles ne me blesseront pas. Tu vas tirer sur cet enfoiré par la fenêtre alors que je suis entre Riley et son arme.

Tout ça n'était pas tout à fait vrai. Une balle dans la tête tuerait un métamorphe, mais j'étais prêt à prendre ce risque.

Kyle me regarda fixement. Il relâcha sa prise, et je le lâchai.

— Tu fais partie de ces gens alors.

Il connaissait donc déjà notre espèce ?

Il brandit son arme. Je ne savais pas s'il avait l'intention de me tirer dessus ou s'il se préparait simplement à suivre mes ordres.

Je hochai la tête.

— Il est là pour toi. Je ne sais pas pourquoi, mais Riley s'est retrouvée mêlée à tout ça. Tu lui as ramené ton travail de merde à la maison. Maintenant, donne-moi ton chapeau. Je vais passer devant en me faisant passer pour toi.

Les yeux de Kyle s'écarquillèrent face à mes paroles acerbes. Oui, c'était de sa faute si sa fille était en danger, tout en sachant qu'il n'avait rien fait pour lui nuire intentionnellement. Il me tendit son chapeau de shérif et rengaina son arme pour déboutonner sa chemise. Je tirai sur la mienne pour la faire passer par-dessus ma tête.

— Tu sais qui c'est ? demanda-t-il en tirant sur la chemise marron de shérif qu'il me tendait.

Je l'enfilai et la boutonnai en trottinant vers sa voiture de patrouille.

— Non, jamais vu ce type. Elle m'a appelé mais a fait croire qu'elle te s'adressait à toi. Elle m'a appelé papa et m'a dit qu'elle avait rompu avec Pete...

— Le joueur de football de sa classe ? Elle ne voulait pas sortir avec lui...

Au moins, il ne s'attardait pas sur le « papa ».

— Exactement. Elle essayait de me dire qu'elle avait besoin d'aide parce que quelqu'un qui *te cherchait* l'avait prise en otage. Maintenant, donnez-moi tes clés.

— Enfoiré, dit Kyle en me les tendant.

— Je vais me garer devant la maison et garder la tête baissée en me dirigeant vers la porte. Passe par derrière, ils étaient dans la cuisine.

Kyle acquiesça et dégaina à nouveau son arme.

— Levi est en route, on devrait l'attendre.

Je serrai les dents. C'était un métamorphe *et* il avait une arme. De plus, ce n'était pas le père de Riley. Mais cela faisait déjà trop longtemps que Riley avait appelé.

Mon loup ne voulait pas attendre une minute de plus.

Je secouai la tête.

— Non. Tu es le renfort. J'ai déjà trop attendu. J'y vais.

Je pris le volant de la voiture du shérif et démarrai. Je faillis casser le levier de vitesse en passant en position « drive ». Mes canines étaient descendues malgré mes efforts pour ne pas me transformer et m'avaient perforé la lèvre.

— Accroche-toi. J'arrive, Riley, marmonnai-je. Et je vais mettre ce type en pièces.

31

RILEY

Il me semblait que ça faisait une éternité que j'étais coincée dans la cuisine avec un tueur.

Il m'avait ordonné de m'asseoir à la table de la cuisine, je n'avais donc pas eu l'occasion de sortir un couteau du tiroir. J'essayais désespérément de trouver un plan pour quand Cody arriverait. Un moyen de créer une diversion, pour que Cody puisse le désarmer. Ou pour le mettre à terre pendant que l'arrivée de Cody capterait son attention.

Il y avait un fusil de chasse dans le placard de l'entrée. Je pouvais peut-être dire que j'avais besoin d'aller aux toilettes.

Ou il y avait la chaise sur laquelle j'étais assise. Ce n'était pas une arme mortelle, mais c'était mieux que rien.

J'entendis le bruit d'une voiture s'arrêter devant la

maison et j'essayai de regarder par la fenêtre tout en agrippant le dossier de la chaise.

— Allez, viens par ici.

Le type me tira de mon siège par les cheveux.

Je n'allais pas pouvoir me servir de la chaise comme d'une arme.

Il enroula un bras autour de mon cou et appuya le canon de l'arme sur ma tête.

Putain. Ça allait être compliqué.

La porte d'entrée s'ouvrit.

— Riley ? la voix rauque et puissante de Cody paraissait tendue.

Mon ravisseur me propulsa vers l'avant, dans l'embrasure de la porte entre la cuisine et le salon.

Pendant un instant, je crus qu'il s'agissait de mon père parce que l'homme qui se trouvait dans le salon portait une chemise et un chapeau de shérif. Mais c'était vraiment Cody. Il gardait la tête baissée, cachait son visage derrière le bord du chapeau et jeta ses clés sur la petite table.

— Bienvenue chez toi, adjoint.

Cody se figea, ne relevant la tête qu'à moitié.

Je devais faire quelque chose. Mon ravisseur avait prévu de m'exécuter devant mon père. Dès qu'il comprendrait que ce n'était pas lui, il appuierait sur la gâchette.

— Papa ! dis-je, essayant de maintenir l'illusion un instant de plus.

En même temps, je donnai un coup de coude dans son plexus solaire aussi fort que possible, puis j'attrapai le petit doigt du bras qui m'entourait la gorge et le tirai vers moi, pour le casser.

Cody était déjà sur nous quand le coup de feu retentit.

Je hurlai en m'écrasant sur le sol. Du verre avait été brisé. D'autres coups de feu retentirent.

J'étais plaquée au plancher, mais je ne me débattais pas. C'était le corps de Cody qui recouvrait le mien. Je le savais à l'odeur. Au toucher.

Je le savais à la façon dont j'avais envie de pleurer de soulagement.

Il protégeait mon corps avec le sien, comme j'avais su qu'il le ferait.

Comment se faisait-il que j'aie douté du fait que cet homme m'aime alors que je savais en même temps qu'il risquerait sa vie pour moi ? Qu'il ferait n'importe quoi pour me sauver ?

— Riley ! Cette fois, c'était la voix de mon père.

— Il est mort, annonça une autre personne. Tu connais ce type, Kyle ?

— Merde, c'est le frère de Daryl Kobchek, dit mon père. Je ne connais pas son nom, mais il était au procès.

Cody me relâcha, et je levai les yeux. Le shérif était arrivé. Mon père et lui avaient tous deux sorti leurs armes et les pointaient sur le corps qui gisait au sol, près de la table basse en morceaux.

— Neil. Il a toujours dit que son frère avait été piégé. Il était furieux aussi, mais je n'aurais jamais imaginé qu'il puisse faire ce genre de truc.

— Papa ? demandai-je, et il se tourna vers moi. Comme s'il savait que la menace avait disparu.

— Non ! cria mon père, horrifié, en me voyant. Il s'agenouilla à côté de nous.

— Riley !

— Qu'est-ce que... dis-je en baissant les yeux et en inspirant. J'étais couverte de sang.

— Pas... le sien, répondit Cody, dont la voix n'était qu'un souffle. Sa main recouvrait une blessure à sa poitrine, du sang s'en échappait.

— Cody ! hurlai-je en me jetant sur lui. Oh mon Dieu, on lui avait tiré dessus.

— Attendez, dit le shérif d'un ton ferme, en posant une main sur mon épaule. Laissez- lui un peu d'espace.

— Il a besoin d'aide ! m'écriai-je en repoussant le contact.

— On dirait que la balle a perforé un poumon.

Perforé un...

Cody avait du mal à respirer. Chaque inspiration produisait un bruit de succion, et son corps bougeait à peine à chaque expiration. Mes yeux se remplirent de larmes. Le choc me glaçait le sang. Oh mon Dieu, il était en train de mourir ! Je lui avais crié dessus et lui avais dit que c'était fini et maintenant j'allais le perdre.

— Non ! criai-je, m'installant à ses côtés mais j'avais peur de le toucher.

— Cody... s'il te plaît.

Je me souvins alors que Cody avait dit que les balles ne

pouvaient pas le blesser, néanmoins il avait l'air *vraiment* blessé.

Je levai les yeux vers les deux hommes.

— Appelez une ambulance.

Le shérif secoua la tête.

— Il va s'en sortir sans ambulance.

Était-ce vraiment le cas ? Il ne demandait pas d'aide médicale sur sa radio, il devait donc savoir quelque chose.

— Il va... il va s'en sortir ? demandai-je d'une voix saccadée et des larmes coulèrent sur mon visage.

Il semblait impossible que mon corps ait encore des larmes après avoir rompu avec Cody. Néanmoins, le fait de penser qu'il pouvait mourir avait produit un autre stock de larmes. Je l'avais appelé au lieu d'appeler mon père. Peut-être que je n'aurais pas dû parce qu'il était venu sans arme. Sans gilet pare-balles.

— Il a dit que les balles ne le blessaient pas, dit mon père, mais il n'avait pas l'air sûr de lui maintenant qu'il se tenait au-dessus de nous. J'ignorais quand ils avaient échangé des propos sans chercher à s'entretuer.

— Il savait ce qui allait probablement se passer.

Le shérif hocha la tête, serein. Il s'agenouilla à côté de Cody et ouvrit la chemise de l'uniforme pour dévoiler la blessure. Le sang recouvrait sa peau et suintait du trou dans sa poitrine.

— Tu peux te transformer, mon vieux ?

Cody poussa un petit soupir. La sueur recouvrait sa peau et il était pâle. Trop pâle.

— Transforme-toi, ordonna le shérif d'un ton grave et autoritaire qui me fit tressaillir.

Le pantalon de Cody se déchira, puis il se transforma en loup, haletant, avec sa fourrure imprégnée de sang.

— Bon sang, marmonna mon père, les yeux écarquillés, mais il n'avait pas l'air surpris.

— Est-ce qu'il va s'en sortir ? demandai-je à nouveau, promenant mon regard entre le shérif et Cody. J'avais juste besoin que quelqu'un me dise qu'il allait vivre, pour que je sache que je pouvais continuer à vivre, moi aussi.

Avec Cody.

— Oui. Il guérira plus vite sous sa forme de loup.

— Je suis tellement désolée, criai-je. Peu importe pourquoi tu veux être avec moi. Je sais que c'est ce que tu veux. S'il te plaît, reste en vie. Continue à respirer.

Je serais sa compagne s'il voulait encore de moi. Je renoncerais même à tous mes espoirs et mes rêves de famille s'il ne voulait plus avoir d'enfants.

Mon Dieu, s'il vous plaît, permettez-lui de continuer à respirer.

Le shérif me fit signe de m'approcher.

— Viens t'asseoir près de sa tête, pour qu'il puisse respirer l'odeur de sa compagne. Qu'il sache pourquoi il doit vivre.

Sa compagne. Le shérif savait que j'étais la compagne de Cody. De toute évidence, puisqu'il avait ordonné à Cody de se transformer, il devait être l'un d'entre eux. Il parlait de moi avec révérence. Comme si j'étais tout pour Cody. *Ce pour quoi il devait vivre.*

— Je peux... je peux le toucher ? demandai-je en tendant une main hésitante.

— Oui. Mais laisse-le se concentrer sur sa guérison.

Je me blottis contre le loup géant, lui caressai légèrement le museau et l'oreille. Les yeux de Cody étaient fermés.

— Guéris, murmurai-je, me fiant à ce qu'avait dit le shérif. Guéris parce que je t'aime.

Le shérif recula de quelques pas et fit signe à mon père de le suivre. Puisqu'ils ne pouvaient rien faire pour Cody, il devait s'occuper d'un mort.

Une larme coula sur mon nez et je me rapprochai de lui pour lui murmurer à l'oreille.

— Je suis ta compagne. Je veux être avec toi, dis-je d'une voix larmoyante. D'accord ? Oh, regarde... Tu es déjà en train de guérir, dis-je en fixant sa poitrine, choquée de voir que sa blessure avait cessé de saigner

Je ris à travers mes larmes, levant les yeux vers le shérif qui était agenouillé à côté du mort, un portefeuille à la main.

Il acquiesça :

— C'est bien.

— Concentre-toi sur la guérison maintenant, murmurai-je à Cody, me sentant plus confiante.

Ou plutôt comme si je me sentais capable d'être forte et de le réconforter au lieu de m'effondrer à l'idée de vivre sans lui.

Cody allait survivre.

Nous allions construire une vie ensemble.

Nous avions probablement beaucoup de choses à régler, mais il en valait la peine. Je ne voulais pas renoncer à un amour si palpable que je pouvais le sentir pulser entre nos deux corps.

— Je me fiche que tu m'aies séduite en une semaine, lui dis-je. C'est un peu humiliant de savoir que tout le monde était au courant de ton marché, mais je m'en remettrai.

Les yeux de Cody s'ouvrirent, comme s'il m'écoutait, et je me souvins que le shérif m'avait dit de le laisser se concentrer.

— Nous parlerons plus tard, lui dis-je. Quand tu pourras respirer comme il faut.

Ses yeux se refermèrent.

Je continuai à caresser sa fourrure toute douce.

— Je t'aime, murmurai-je à nouveau. Tu es l'homme parfait pour moi. Tout ce que je souhaitais sans même en avoir conscience.

La respiration haletante de Cody commençait à être moins laborieuse. On avait moins l'impression qu'il était sur le point de mourir.

— Ce n'est pas grave si tu ne veux pas avoir d'autres enfants, chuchotai-je. Je me consacrerai au métier d'enseignante.

Les yeux de Cody s'ouvrirent à nouveau. Il poussa un gémissement.

Le shérif s'approcha pour examiner la blessure.

— On dirait que ses capacités de guérison n'ont pas été affectées. Son corps commence déjà à se réparer.

Je levai les yeux vers mon père, qui n'était vêtu que de

son maillot de corps et de son pantalon d'uniforme. Ses yeux étaient sérieux mais troublés.

— Tu étais au courant ?

Mon père secoua la tête.

— Que ton petit ami est un loup ? Non. Pas avant ce soir. Je ne savais pas non plus que je travaillais pour un loup, n'est-ce pas, Levi ?

Il haussa les sourcils en direction du shérif.

— On dirait que tu savais qu'on existait, pourtant, dit Levi.

Mon père acquiesça.

— Il y a des histoires de vieilles femmes à Cooper Valley. Ma grand-mère nous disait de rester à l'intérieur les jours de pleine lune, sinon je risquais de voir mon meilleur ami se transformer en loup. J'ai toujours pensé que c'était absurde, ajouta mon père en esquissant un demi-sourire.

Levi inclina son menton vers moi.

—Tu vas faire partie de notre meute maintenant. Riley est la compagne prédestinée de Cody. Je sais que tu as pensé qu'il ne faisait que batifoler là où il n'aurait pas dû, mais je peux t'assurer qu'il n'y a rien de plus sérieux qu'une compatibilité prédestinée.

Il fit un geste vers la blessure de Cody.

— Il aurait pris un millier de balles pour elle. Il ne la quittera jamais. Il consacrera le reste de sa vie à son bonheur.

Je n'étais pas sûre que papa comprenne bien les implications de cette nouvelle, mais cela me fit verser un nouveau torrent de larmes. Je me retenais de sangloter.

Comment avais-je pu douter de Cody aussi facilement ?

— Cody pourrait sombrer dans la folie si Riley le rejette, poursuivit Levi. Ils auront tous les deux besoin de ton soutien pour que cela fonctionne.

— Putain, marmonna mon père en secouant légèrement la tête.

Il me fixa et me demanda :

— Tu étais au courant, ma belle ?

Je tentai de déglutir, sans succès, à cause de l'étau qui enserrait ma gorge.

— Je... en quelque sorte. Je ne suis pas sûre d'avoir bien compris jusqu'à maintenant.

Je caressai la tête de Cody, me penchant pour embrasser son oreille soyeuse.

— Nous avons des points à éclaircir, mais je ne vais pas le rejeter, dis-je d'une voix étranglée.

Mon père se frotta la nuque.

— Eh bien... Je suppose que je ne vais pas m'opposer à leur couple. Ou je vais réserver mon jugement jusqu'à ce que je sois convaincu.

Cody frissonna et rouvrit les yeux.

— Je t'aime, murmurai-je à son oreille.

32

CODY

J'ÉTAIS CONSCIENT DE TOUT, mais je ne pouvais pas bouger sans avoir mal ni parler pendant plusieurs heures. Pendant ce temps, Levi et Kyle me transportèrent dans la chambre de Riley et nettoyèrent mon sang avant d'appeler le médecin légiste pour le cadavre. Le salon de Kyle était maintenant une scène de crime, et il fallait que la situation soit gérée correctement.

Riley se recroquevilla sur le lit à côté de moi, ses doigts s'enfonçant dans ma fourrure, son parfum exquis emplissant mes narines. Elle me rappelait ce pour quoi je devais vivre, comme l'avait dit Levi.

Même si je n'avais aucun doute à ce sujet. Levi avait raison, j'aurais pris un millier de balles pour Riley. Même une balle mortelle.

Lorsque je pus enfin respirer et que le choc physique commença à se dissiper, je repris ma forme humaine pour pouvoir prendre ma compagne dans mes bras.

J'avais tant de choses à lui dire.

Il semblait possible qu'elle me pardonne, mais je devais m'en assurer. Dire ce qu'elle avait dit dans la panique était une chose. Néanmoins, j'avais besoin de savoir qu'elle avait la même foi que moi en notre lien lorsque je n'avais pas de balle dans le corps.

Elle inspira brusquement.

— Cody !

Je lui tendis la main, mais une de mes côtes était probablement cassée et je n'avais pas encore la force de la tirer contre moi.

— Approche-toi, murmurai-je. Je ne saignerai pas sur toi.

Elle se rapprocha de moi, lentement et très prudemment.

— Je m'en fiche de toute façon.

Elle avait encore l'air en larmes. Mon loup détestait la voir comme ça.

— S'il te plaît, ne pleure pas, ma belle.

J'enfouis mon nez dans ses cheveux et me laissai imprégner par son odeur. Putain, elle sentait si bon.

— Je suis fier de toi. Que tu aies gardé la tête froide et appelé comme tu l'as fait. Que tu m'aies mis en garde.

— Je ne veux *plus jamais* t'appeler *papa*.

Je gloussai et c'était douloureux, putain.

— Je suis désolé de t'avoir fait du mal ce soir. Je n'ai jamais voulu que tu te sentes manipulée. Je ne voulais pas nous dévaloriser ou déprécier ce que tu représentes pour moi.

Elle bougea pour que je puisse voir son visage baigné de larmes. Ses grands yeux marron étaient fixés sur moi, mais elle ne disait rien. Elle écoutait. Elle écouterait ce que j'avais à dire.

C'était un million de fois mieux que de la voir quitter mon bar comme elle l'avait fait tout à l'heure.

Je ramenai ses cheveux en arrière de son visage. Bouger me faisait mal aux côtes et aux poumons, mais je m'en moquais.

— Écoute et sache que ce que je dis est vrai. L'histoire de la semaine, c'était juste pour que Rob me lâche les baskets. Il m'en voulait d'avoir désobéi aux ordres. J'étais censé effacer ta mémoire, et je ne l'ai pas fait. Je ne voulais pas trahir ta confiance de cette façon ou perturber ton superbe cerveau. Mais sache que, dit-il en me prenant le côté du visage et en la regardant droit dans les yeux, je serais venu te trouver, que tu te souviennes d'avoir vu un loup ou non. Il n'a jamais été question d'acheter ton silence. *Jamais...*

Son menton oscilla.

— Ok.

— Tu me crois ?

Ses yeux croisèrent les miens et elle hocha la tête.

Je me raclai la gorge.

— Je vais te prouver à quel point je suis sérieux. Cela

fait moins d'une semaine, donc tu n'es pas encore convaincue. Je comprends que...

— Non, dit-elle en secouant la tête sans ménagement, je suis convaincue. Cody, tu viens de me sauver la vie.

— Je te protégerai toujours.

Ses yeux se remplirent à nouveau de larmes.

Je me déplaçai et grimaçai.

— S'il te plaît, ne pleure pas, bébé. Ça me tue.

Elle força un sourire à travers ses larmes et devint la plus belle femme de toute la planète.

— Je vais te prouver tout cela. Je suis désolé que tu te sois sentie humiliée au bar ce soir.

Cela n'a jamais été mon intention. Je ne te ferai jamais de mal volontairement. Jamais.

— Tout va bien.

— Non. Ça ne va pas, mais je vais faire en sorte que ça aille bien.

Je lui embrassai l'arête du nez.

— Tu as dit autre chose tout à l'heure. Tu as parlé de te lancer dans l'enseignement parce que je ne veux plus avoir d'enfants.

Ses yeux redevinrent brillants et ses lèvres tremblotèrent, mais elle renifla et sembla refouler ses larmes.

— Bon sang, ma belle. Tu veux avoir des enfants ? Nous aurons des enfants.

Elle se raidit, comme si elle était en train de te tenir contre quelque chose, mais je continuai.

— *J'aimerais* avoir des enfants avec toi. Merde, je

n'arrive pas à croire que j'ai dit que j'en avais terminé avec les enfants au bar. Les paroles de Hank m'ont surpris. Je n'y avais pas encore réfléchi. Tu es d'accord pour dire que tout est arrivé très vite ?

Un sourire amusé se dessina sur les lèvres de la jeune femme et elle hocha la tête.

— J'étais focalisé sur le fait de gagner ton amour. Si tu étais une louve, tu aurais su que tu m'appartenais au moment même où je l'ai su moi-même. Mais s'accoupler avec une humaine est un processus différent. Nous devons suivre vos coutumes de séduction. C'est donc sur ça que je me suis concentré. Je voulais te faire voir ce que je savais déjà, que nous étions faits l'un pour l'autre. Je ne suis pas allé au-delà de mon désir de te revendiquer. Mais oui, je vais assurément mettre mes louveteaux dans ton ventre.

Riley rit, le soulagement illuminant ses traits.

— Des louveteaux ?

Je hochai la tête.

— C'est comme ça qu'on les appelle.

— Des bébés métamorphes, dit-elle avec étonnement. Ce seront des loups comme toi.

Je réfléchis.

— Avec un peu de chance. Tous les métis ne peuvent pas se transformer, mais ils seront les bienvenus dans la meute. Tout comme toi, bien sûr. Et même ton père.

Elle baissa les cils et ses lèvres prirent un air sensuel.

— Je ne suis pas encore prête à avoir des enfants, mais un jour oui. Mais je suis tout à fait d'accord pour m'entraîner.

Je gémis et ma bite devint dure comme de la pierre. J'étais nu après m'être transformé, et ma bite touchait son ventre.

— Oh, ma belle. Tu vas me tuer.

Elle sourit.

— Je ne veux pas te tuer, mais je veux que tu te sentes bien.

Je saisis son poignet alors qu'il se dirigeait vers mon entrejambe.

— Demain, lui promis-je. Il était trop difficile de lui résister, mais j'étais loin d'être assez guéri pour lui donner l'attention qu'elle méritait. Demain, tu pourras me chevaucher toute la journée.

Elle posa ses lèvres sur ma bouche et ajouta :

— Oh, je vais faire plus que ça. Je vais t'obliger à me revendiquer.

33

RILEY

Nous roulions lentement sur le chemin de terre menant à la cabane de Cody. Cela faisait-il seulement cinq jours qu'il m'avait amené ici la première fois ? À ce moment-là, j'avais été inconsciente. Enlevée par l'homme qui, la nuit précédente, m'avait sauvé la vie.

Le soleil de fin d'après-midi brillait dans le ciel, le temps était parfait pour une journée de fin d'été. Les vitres étaient baissées et la brise soufflait sur mes cheveux. Je devais constamment les ramener derrière mon oreille, mais je finis par abandonner.

Ce n'était pas le paysage magnifique que je voyais. C'était Cody. Tout Cody. Le quadragénaire magnifique qui m'aimait. Il conduisait, une main sur le volant, l'autre sur ma cuisse nue. Je ne pouvais m'empêcher de le contempler. Ses cheveux noirs, sa barbe taillée que j'aimais tant. Ses yeux. Son nez. Ses épaules larges et fortes.

Il s'était douché un peu plus tôt et j'avais emprunté un survêtement à mon père pour lui. Il conduisait donc torse nu. Pieds nus. Tout nu, à part pour le pantalon de survêtement.

— Si tu continues à me regarder comme ça, tu vas me donner un complexe.

— Je me demande si je devais te dire que tu as une crotte de nez qui dépasse.

Il rit, mais sa main se porta instantanément à son nez.

— *Quoi ?*

Je ris également.

— Je rigole.

Il grogna, mais son clin d'œil atténua sa fausse colère.

J'aimais les deux. Ses grognements profonds et ses moments de silence.

Nous avions passé la nuit dans ma chambre chez papa, en silence, pendant que papa et les autres s'occupaient du cadavre. Puis la maison s'était vidée car, je l'avais supposé, mon père était parti au poste. J'étais restée éveillée à regarder Cody guérir, sachant que j'avais une seconde chance avec lui. Et que je ne la gâcherais pas. Au petit matin, il s'était enroulé autour de moi.

J'avais fini par m'endormir à mon tour, et nous avions dormi jusqu'à midi.

Nous avions été dans un sale état, mes vêtements couverts de sang, Cody également. Le lit aussi.

La lumière du jour nous rappelait brutalement ce qui s'était passé.

Le fait que j'avais été à deux doigts d'être tuée. J'allais faire des cauchemars, j'en étais sûre, mais je savais que Cody me tiendrait dans ses bras toute la nuit. Pas dans ce lit. Bon sang, non. Je doutais de pouvoir y dormir à nouveau. Je me demandais aussi ce qu'il en serait de mon père. Aurait-il du mal à dormir dans une maison où un homme avait été abattu ?

Mais cela n'avait pas d'importance pour le moment.

J'étais descendue du lit avec précaution, pour ne pas réveiller Cody, et je m'étais douchée, jetant d'abord mes vêtements à la poubelle. Quand j'étais sortie, vêtue de mon vieux peignoir miteux que j'avais laissé ici quand j'avais déménagé chez ma grand-mère, il s'était levé. Il était visiblement guéri. Il m'avait laissé examiner son corps parce que c'était incroyable : la blessure par balle s'était complètement refermée. La plaie avait l'air de dater de plusieurs mois et non de douze heures. On ne s'était pas touchés. Ni embrassé. Nous n'avions certainement pas fait l'amour. Peut-être était-ce parce que c'était la maison de mon père et qu'il pouvait rentrer à tout moment. Peut-être parce que les choses avaient changé. Elles étaient à vif. Comme une plaie ouverte qui n'avait pas encore cicatrisé.

— Ça va, ma belle ? me demanda Cody, me tirant de mes pensées. Il avait détourné son regard de la route pour le porter sur moi.

J'acquiesçai.

— C'est juste que... ça fait beaucoup, j'admis.

Il prit le virage d'où l'on apercevait sa cabane, puis se gara.

— Reste là.

Il descendit de sa Jeep et fit le tour. Lorsqu'il ouvrit ma portière, il passa la main et détacha ma ceinture de sécurité.

Puis il se plaça juste en face de mon visage.

— Je t'aime, ma belle.

Simple. Sincère. Parfait.

Je lui souris, rayonnante.

— Je t'aime aussi.

Son regard s'adoucit pendant une seconde, il plissa les yeux, puis une lueur torride y apparut. Ses doigts trouvèrent mes hanches et les saisirent.

— J'ai pris ta virginité, mais il faut que je te revendique pleinement. Comme un loup revendique sa compagne. Cela signifie que je serai à toi pour la vie. Es-tu prête pour ça ?

J'arrêtai de respirer.

Est-ce que j'étais prête ? Toute cette histoire était si difficile à assimiler. Mais oui. Oui, je voulais tout avec Cody. Je voulais être avec lui pour toujours.

— Oui.

— Bien. Parce que je veux que tu n'aies aucun doute. Pas de questions. Pas d'inquiétude.

Il passa son pouce sur le petit pli de mon front, descendit le long de ma lèvre inférieure.

— Tu es à moi, Riley Abbott.

Je pris son pouce dans ma bouche et le suçai à mesure

que ses paroles pénétraient en moi. Dans mon cœur. Quand je le relâchai et répondis :

— Et tu es à moi.

— Je suis à toi.

Puis il m'embrassa.

34

CODY

APRÈS CE QUE nous avions vécu, je ne me lassais pas de l'embrasser. Je lui écartai les lèvres et introduisis ma langue dans sa bouche comme si ma vie en dépendait.

La nuit dernière, j'avais franchi la porte et affronté un homme qui menaçait ma compagne d'une arme. Je ne m'en remettrais jamais. Quand je pensais à tout ce qui aurait pu mal tourner.

Putain.

Je pouvais survivre à une balle, mais pas à la perte de Riley. Impossible.

Il semblait que le destin soit intervenu à deux reprises cette semaine.

Elle était à moi, et je pensais chaque mot. Je mourais d'envie de la revendiquer. J'avais hâte que tous les métamorphes de la meute sachent que Riley Abbott m'appartenait. Mais plus important encore, elle devait savoir que je lui appartenais.

Une vierge de dix-neuf ans avait volé mon cœur. Revendiqué mon âme. Je ne l'avais pas su, mais je l'avais attendue. Toute ma vie.

Les paroles étaient une chose, les actions en étaient une autre. Alors je l'embrassai jusqu'à ce qu'elle s'accroche à moi. Je la soulevai, la tirai de ma Jeep et l'assis sur le capot. Elle écarta les jambes et je m'installai entre ses cuisses.

— Cody, murmura-t-elle, en se déhanchant pour me donner un meilleur accès.

Je bandais tellement que j'étais reconnaissant de porter un survêtement ample. Mais ça ne servait pas à grand-chose parce que le sommet dépassait de l'élastique de la taille.

Son père n'allait pas récupérer ce pantalon.

J'inspirai et... putain. Poussai un grognement.

— Tu es mouillée. Tu aimes l'idée que je te morde. Que je te fasse mienne.

Ses grands yeux marron se fixèrent sur les miens.

— Oui.

J'avais été doux jusqu'à présent. Prudent avec elle après la nuit dernière. J'étais presque guéri. Je bandais bien dur.

— Montre-moi.

Ses yeux s'illuminèrent, peut-être se souvenait-elle que je lui avais dit exactement la même chose la première fois que je l'avais fait jouir. Bien sûr, elle avait alors été attachée au lit. Ma bite gicla du liquide préséminal à l'idée de recommencer.

Au lieu de rechigner comme la dernière fois, elle plaça ses mains en haut de son short et commença à le baisser. Je reculai et l'aidai à le faire descendre et à le passer par-dessus ses pieds. Ses tongs étaient tombées par terre avec le short.

Je grognai à la vue de son sexe offert et rose. Luisant et... tout à moi, bon sang.

Je lui écartai les cuisses avec mes paumes et me penchai pour me régaler.

Elle se pencha en arrière sur une main, l'autre s'emmêla dans mes cheveux.

— Cody ! cria-t-elle, mon nom flottant dans le vent.

Je n'avais aucune inquiétude quant à savoir qui nous entendrait. Pas ici. N'importe quel métamorphe dans ces bois saurait que je satisfaisais ma compagne. Je ne voulais pas la partager, mais je n'avais aucun problème à l'exhiber. Je grognai contre sa chair tendre, léchant et tapotant son petit clito tout dur comme elle aimait. Cela la mena au bord du gouffre.

Son goût me guérit comme les gènes des métamorphes ne pouvaient le faire. Je savais qu'elle était proche de l'orgasme. Que je la satisfaisais. Ses hanches oscillaient, et quand je glissai un doigt dans sa chatte chaude, serrée et ruisselante, elle jouit.

Je savais que mes yeux avaient changé de couleur. Mes canines étaient plus longues, mon loup voulait désespérément la marquer. Mon instinct animal ne comprenait pas pourquoi je mettais autant de temps.

Mais je devais y aller doucement. Je devais être prudent.

Riley était une humaine : la morsure la blesserait. Je devais faire attention à ne pas trop m'enfoncer. Je ne devais pas toucher une artère. Je laisserais une cicatrice permanente.

Je la léchai, la caressai, l'embrassai et remontai le long de son corps jusqu'à ce que nos bouches se rencontrent. Jusqu'à ce qu'elle goûte le nectar dont j'avais eu envie. *Le sien.*

— Waouh.

Elle cligna des yeux et sourit lentement. Mon loup gonfla son poitrail et hurla à quel point nous avions satisfait notre compagne. Quand elle se redressa pour s'asseoir (je ne vendrais jamais cette voiture maintenant que sa chatte humide étalait sa cyprine sur toute la surface de mon capot) elle dit :

— Et toi ?

Son regard se posa sur ma bite qui avait laissé couler du liquide préséminal sur mon ventre.

Je secouai la tête. Un magnifique sourire fendit son visage.

— Tu crois que j'en ai fini avec toi ? J'ai *clairement* envie de cette chatte parfaite, ma belle. Et ensuite, je te marquerai comme mienne.

Une lueur malicieuse apparut dans ses yeux.

Avec l'agilité d'une ancienne pom-pom girl, elle

balança sa jambe en l'air, au-dessus de ma tête pour sauter à terre. Elle enfila ses tongs et ajouta :

— Tu me veux ? Il va falloir que tu m'attrapes.

J'éclatai de rire. Mon loup était prêt à s'élancer sur elle, mais je me retins pour lui donner une longueur d'avance. Je la regardai s'élancer à travers le champ. Le bas de son corps était nu, m'invitant à la suivre. Je mis la main dans mon survêtement et caressai ma bite de haut en bas.

J'allais la suivre. Mon loup hurlait du désir de la suivre.

Je souris, comptai jusqu'à dix, puis me lançai à sa poursuite.

35

RILEY

Bon sang, c'était excitant d'être poursuivie dans les bois au coucher du soleil par mon petit ami. Mon petit ami *loup*. Mon compagnon. Si délicieux.

Si *bestial.*

L'exaltation d'être chassée, d'être la proie de Cody, était un préliminaire enivrant. Surtout après l'orgasme qu'il m'avait donnée sur le capot de sa Jeep. Mon pouls s'accéléra. Ma cyprine coulait à l'intérieur de mes cuisses. Un large sourire illuminait mon visage tandis que je sprintais du mieux que je pouvais en tongs à travers les bois. Les aiguilles de pin rendaient le sol meuble et l'odeur de la sève des pins Ponderosa chauffée par le soleil donnait à l'air un léger parfum de vanille.

J'eus envie de rire en me faufilant entre les arbres et

derrière les rochers, mettant ainsi de la distance entre moi et le loup qui me traquait.

Cody m'avait donné une longueur d'avance. Pendant un moment, j'avais même cru qu'il refusait de jouer, mais ensuite je l'avais aperçu, rôdant derrière moi, le grondement profond de sa voix à quelques mètres derrière moi.

— Cours, ma petite humaine. Ce que j'attraperai, je le revendiquerai.

Il n'avait même pas l'air essoufflé.

Je ris et me mis à courir à nouveau, mais il resta derrière moi, le bout de ses doigts effleurant ma hanche nue, titillant mes terminaisons nerveuses avec son énergie électrisante.

— Attrape-moi si tu peux !

Je m'élançai sur le côté, autour d'un arbre.

— Tu peux courir, ma belle, mais tu ne t'échapperas jamais. Tu m'appartiens.

Bien sûr, je ne voulais pas m'enfuir. Je voulais savoir qu'il me poursuivrait toujours. Qu'il m'attraperait et me revendiquerait toujours.

Je voulais qu'il me le prouve de cette manière animale.

Il contourna l'arbre par l'autre côté et se retrouva soudain devant moi, me barrant la route. Je tombai dans ses bras en sursautant.

Ses yeux brillaient d'une lueur ambrée et ses canines luisaient au soleil. Ma chatte se contracta à la vue de son côté animal qui se manifestait.

— Attention, ma belle. Tu excites mon loup.

Je changeai de direction pour m'enfuir, mais il m'attrapa par la taille et me fit basculer par-dessus son épaule. Je poussai un cri quand sa main s'abattit sur mes fesses nues.

— Oh !

Mes tongs venaient de tomber.

— Tu sais ce qui arrive quand on fuit un loup ?

Il me tapa à nouveau sur les fesses, plus fort.

Je ris et me débattis. Ma chatte était incroyablement mouillée, elle se contractait à vide, j'avais envie qu'il la remplisse.

— Je me fais attraper ?

— Tu te fais revendiquer.

Il me donna une autre fessée. Sa voix ne ressemblait pas à la sienne. Elle était plus grave. Elle ressemblait plus à un grognement.

— J'essaie de me retenir, ma belle. Mais j'ai envie de te jeter à terre, de te baiser sauvagement dans la boue et d'enfoncer mes dents dans ta nuque.

J'inspirai une grosse bouffée d'air en visualisant cette scène torride.

— J'ai du mal à tenir mon loup avec toi.

— Alors ne te retiens pas.

Il se figea. Maintenant, il avait l'air essoufflé. Comme si la course ne lui avait demandé aucun effort, mais l'effort de se retenir de me revendiquer était une véritable épreuve.

D'une voix rauque, il dit :

— J'ai besoin de toi, Riley. La pleine lune est en train de se lever.

Sa santé mentale était clairement en train de décliner. Nous tournions en rond. Cherchait-il un endroit où me mettre à terre ?

— Prends-moi, lui demandai-je avec insistance.

Mon Dieu, j'en avais tellement envie.

Il gémit.

— Pas ici.

Il semblait prononcer ces mots avec effort, puis il s'élança soudain en direction de la cabane.

J'enroulai mes bras autour de sa taille, m'accrochant à lui pour me stabiliser. J'avais la tête en bas, je ne voyais que son dos. J'entendis la porte s'ouvrir et il me posa sur mes pieds.

— Cours, petite humaine.

Je lâchai un grand éclat de rire et m'élançai à travers la petite cabane, courant vers la chambre où il m'avait attachée.

Bien sûr, il me rattrapa au moment où j'atteignais la porte, me souleva de terre et me jeta sur le lit. Je rebondis et atterris sans ménagement, toujours nue à partir de la taille.

Bon sang, oui.

C'était ce que je voulais. Ce dont j'avais envie. Je voulais sentir sa force. Son pouvoir sur moi. Je voulais résister et être dominée. Savoir que j'étais en sécurité avec un homme qui ferait tout pour moi, y compris prendre une balle en pleine poitrine.

Je me retournai sur le dos et écartai les jambes, mais Cody se précipita.

— Non, j'ai été gentil jusque-là. Ce sont les méchantes

filles qui fuient leurs compagnons. Maintenant, tu vas avoir droit à de la brutalité.

Il me fit basculer sur le ventre, me donna une fessée, pas trop forte, mais sans préambule. Suffisamment forte pour réchauffer ma peau et pour que je me tortille de plaisir.

Je gémis pour lui dire que j'étais d'accord.

— J'ai été une vilaine, très vilaine fille.

J'avais vraiment besoin d'une fessée et d'être sévèrement punie.

Il s'arrêta et frotta ses doigts entre mes jambes. J'entendis le bruit qu'il faisait en se léchant les doigts

— Tu es tellement mouillée, ma belle. Tout ce jus est pour moi, n'est-ce pas ?

— Oui, dis-je en frottant ma joue sur la literie.

Il me donna une autre série de petites fessées.

— Écarte les jambes, chérie. Montre-moi ta jolie chatte.

Je lui obéis, écartai les jambes et levai les fesses. Il grogna et j'entendis le tissu se déchirer, il avait dû arracher son survêtement au lieu de l'enlever. Le matelas pencha lorsqu'il s'agenouilla derrière moi, écartant mes cuisses avec ses genoux.

Cody m'attrapa les hanches fermement, comme s'il ne se rendait pas compte de sa propre force, et me souleva jusqu'à ce que je repose sur mes genoux, le torse toujours sur le lit.

Sa respiration rauque s'échappait entre ses dents. Je lui jetai un coup d'œil par-dessus mon épaule et faillis avoir un orgasme en le voyant. Ses yeux brillaient d'une lueur sauvage. Il avait les dents serrées et semblait agoniser.

— Je vais essayer d'y aller doucement, grogna-t-il, juste avant de m'empaler avec sa bite d'un coup sec.

Je poussai un cri, tendit les mains pour m'agripper à la tête de lit.

Cody se figea.

— Désolé, marmonna-t-il. Désolé, ma puce. C'était trop fort ?

Je voyais bien qu'il perdait le contrôle. C'était plus que sexy d'avoir un homme en proie aux affres de la passion pour moi.

Il me tenait par la taille et entrait et sortait de moi en glissant doucement. Son gémissement emplit la pièce.

Je gémis avec lui. C'était si bon de sentir qu'il me remplissait parfaitement la chatte. Les restrictions qu'il s'était imposées, sa gentillesse et sa courtoisie commençaient à s'estomper.

C'était la version brute de Cody. L'homme-loup qui semblait ne pas pouvoir vivre sans moi. Qui avait besoin de me revendiquer si désespérément qu'il en devenait fou.

Ses doigts se resserrèrent sur ma taille et il commença à me pilonner davantage. Mon Dieu, il avait une grosse bite ! Il m'écartait, son sexe allait jusqu'à toucher le fond. L'espace d'un instant, j'eus l'impression que c'était trop, mais il rapprocha sa main et caressa légèrement mon clito.

— Oh, mon Dieu, je gémis. Des étoiles commencèrent à danser devant mes yeux.

— C'est vrai, ma belle. Je suis ton dieu maintenant. Je vais casser ce lit en te baisant.

Cody accéléra le mouvement, secouant le lit qui se mit à cogner contre le mur.

— Oh, mon Dieu, je gémis encore.

J'étais si proche de jouir, l'intérieur de mes cuisses tremblait, mon vagin se resserrait autour de sa bite.

— Riley... La voix de Cody semblait étouffée. Putain, Riley. Tu es si excitante. Tu es si...

Putain ! Il poussa un rugissement et s'enfonça profondément en moi, plaquant mon bassin sur le lit, son corps allongé sur le mien pendant qu'il jouissait. Il continua à frotter mon clito, me faisant jouir de plus en plus fort, mon jus inondant sa bite.

Mes muscles se contractaient autour de lui, j'arquais les hanches contre le matelas.

La pointe d'une de ses canines se posa sur mon épaule. Cody inspira brusquement et recula.

— Pas là, marmonna-t-il. Je ne veux pas laisser de cicatrice visible.

Il grogna, un son animal qui fit frémir de plaisir mon corps tout entier, en se retirant.

— Es-tu prête, Riley ?

— Je suis prête.

Je l'étais.

— Tu es sûre ?

J'étais *tellement* sûre.

— Vas-y.

Cody recula sur ses genoux, ses grandes mains descendant le long de mon corps.

— Ici ? demanda-t-il alors que son souffle effleurait mes fesses.

— *Oui.*

Ses dents transpercèrent ma peau à cet endroit.

Je poussai un cri. La douleur avait été vive au début, mais il relâcha immédiatement la pression, retirant ses dents de ma chair.

— Je suis désolé. Je suis vraiment désolé, ma belle. Tu vas bien ? me demanda -t-il en léchant la plaie. Le sérum sur mes dents devrait soulager la douleur dans quelques instants, et ma salive favorisera la cicatrisation.

— Je vais bien, promis-je.

Cela avait été si rapide. Les endorphines devaient déjà être en train d'affluer, car il y avait une lueur de plaisir tout autour de la douleur.

De la satisfaction.

Du « putain de oui ».

— Qu'est-ce qu'il te faut, ma belle ? De la glace ?

— Ça va déjà mieux, je promis en secouant la tête. J'ai juste besoin de toi.

Cody expira un grand coup, et s'installa immédiatement derrière moi, son bras puissant entourant ma taille. Il me serrait contre lui.

— Je t'aime, Riley Abbott.

Une vague d'euphorie m'envahit. Je ne savais pas si c'était à cause du sérum de ses dents, des endorphines contre la douleur ou simplement à cause de l'amour.

— Je suis à toi maintenant ? murmurai-je, droguée par le bonheur.

Du bout des doigts, Cody fit le tour de mon aréole.

— Tu es marquée comme mienne. Tous les métamorphes sauront que tu as été revendiquée par moi. Mon odeur s'est incrustée de façon permanente dans ta chair.

— Tu porteras ma bague, lui dis-je. Ainsi, tous les humains sauront que tu as été revendiqué par moi.

Cody gloussa.

— Tu me demandes en mariage, Riley Abbott ?

Je souris tandis qu'il m'embrassa derrière l'oreille.

— Oui.

— Tu n'es pas censée mettre un genou à terre ou un truc du genre ? me dit-il en me taquinant.

— Mmm. Ce sera pour plus tard. Les deux genoux. Quand je te rendrai la faveur que tu m'as faite sur la Jeep.

La bite de Cody jaillit à nouveau entre mes jambes. Apparemment, son âge n'allait pas poser de problème pour les orgasmes multiples.

— Eh bien, la réponse est oui. Mais je ne prendrai pas ton nom de famille ou je ne sais quoi d'autre, dit-il en plaisantant.

Je ris.

— Tu veux que je prenne le tien ?

— Ma belle, tu es une femme moderne. Tu peux faire ce qui te convient, prendre mon nom, faire un trait d'union ou garder le tien. Cela ne change rien pour moi. Les traditions de mon espèce ont été satisfaites.

Je tournai la tête et l'inclinai en arrière, de manière à ce qu'elle se blottisse contre son cou.

— Je veux tout. Tout le conte de fées avec la robe blanche et mon père qui m'emmène jusqu'à l'autel. Et peut-être un nom à trait d'union pour que ce soit plus facile pour les enfants. Un jour.

Cody prit mon sein en coupe dans sa main et le serra.

— Tu auras tout ce que tu veux. Tu n'as qu'à me le demander, et je te l'offrirai.

36

CODY

Le samedi suivant, je me garai avec toutes les autres voitures à côté de la grange du Wolf Ranch. À côté de moi, Riley se tordait les mains.

— Ils vont t'adorer, dis-je.

Son regard se détourna du pique-nique qui battait déjà son plein pour se poser sur moi. Rob avait appelé et nous avait invités à un pique-nique avec toute la meute. Il n'avait pas dit que c'était parce que j'avais trouvé ma compagne et que je l'avais marquée, mais c'était la raison de la célébration. Tout le monde voulait rencontrer Riley, et je voulais absolument la présenter. Deux jours s'étaient écoulés depuis la fusillade, un jour depuis que je l'avais revendiquée. Sur ses fesses, la morsure s'était cicatrisée mais la marque était là pour que je la voie. Pour que je sache qu'elle était à moi.

Elle se mordillait la lèvre. Elle était nerveuse depuis que je lui avais parlé du pique-nique. Elle avait peur de rencontrer *tout le monde* en même temps. Pour autant que je sache, les seuls métamorphes qu'elle connaissait étaient Rob, Willow, Levi, Boyd et Audrey. Et Tyler.

Rencontrer tout le monde d'un coup la rendait nerveuse, elle allait avoir droit à un cours accéléré sur la meute autour d'un barbecue et d'une salade de choux.

— Remonte ta jupe.

Sa bouche s'ouvrit.

— Quoi ? Ici ?

Nous étions bien au calme dans ma Jeep, mais tout le monde se trouvait à une courte distance.

— Je t'ai baisé pour te calmer il y a seulement un quart d'heure à la cabane. Manifestement, je n'ai pas fait un assez bon travail, précisai-je.

Ses yeux écarquillés croisèrent les miens.

— Tu veux me baiser *ici ? Maintenant ?*

— Bon sang, non. Les gens sont à quinze mètres. Mais je vais te doigter bien comme il faut et te débarrasser de ta nervosité. Personne ne saura ce qu'on fait.

Elle me fixa. Puis me fixa à nouveau.

— Tu es sérieux ?

— Je ne plaisante jamais avec mes doigts dans cette chatte parfaite.

Je rougis.

— Je suis... Tout va bien.

Je penchai la tête.

— Tu es sûre ? J'adorerais sortir avec ton odeur sur ma main.

— Je ne sais pas si je dois être consternée ou excitée.

Je haussai les épaules.

— Je viens de te changer les idées, non ?

Elle se mordit la lèvre et une lueur de compréhension illumina son visage.

— Tu es doué, Cody McIntire.

Elle attrapa la poignée et ouvrit sa porte.

— Attends, ma belle.

Je sautai de la Jeep et la contournai pour la rejoindre. Elle apprendrait que je lui ouvrirais la porte. Quand elle fit ce que je lui demandais, je l'aidai à descendre et l'embrassai.

— C'est bien. Allons rencontrer la meute.

Elle prit une grande inspiration, puis acquiesça.

En me penchant, je murmurai :

— Je te doigterai plus tard, c'est promis.

Je lui pris la main et l'entraînai vers tout le monde, sachant que son esprit pensait au sexe et non à la rencontre d'une meute d'étrangers.

Des tables de pique-nique étaient dispersées à l'ombre d'un énorme peuplier derrière la grange. Un ruisseau serpentait et les louveteaux s'éclaboussaient et jouaient dans l'eau peu profonde.

Les tables du buffet étaient remplies de nourriture, amenée par tous les membres de la meute. Deux grils dégageaient de la fumée et l'odeur des hamburgers et de la viande cuite embaumait l'air.

Il y avait probablement une cinquantaine de personnes présentes. Pas toute la meute, mais une bonne partie du groupe. Un couple nouvellement accouplé était une bonne raison de se rassembler. Surtout quand l'un d'eux était humain.

Rob était près du gril, une spatule à la main. Tyler en tenait une autre. Le nouveau, Wes, tenait un plateau chargé de hamburgers qu'il distribuait. Colton, le frère de Rob, était avec eux et buvait une gorgée de bière. Marina, sa compagne, était également présente. À une table, les autres compagnes humaines, Audrey, Charlie et Becky, riaient d'une remarque de Johnny.

J'allais faire en sorte que ma compagne rencontre tout le monde, mais un peu à la fois. D'abord...

Je serrai la main de Riley et la tirai pour passer mon bras autour de sa taille.

— Regarde qui est là, murmurai-je en me penchant et en pointant du doigt dans la direction des barbecues.

Riley écarquilla les yeux.

— Papa ?

37

RILEY

Mon père était là. Debout à côté de Rob Wolf, qui, je le savais maintenant, était l'alpha de toute la meute des loups. Celui qui avait voulu que Cody m'efface la mémoire parce que j'avais vu Tyler se transformer quand il m'avait sauvé du puma. Parce que j'avais découvert l'existence même des métamorphes.

Et maintenant, mon père, M. Humain, buvait une bière et, à en croire ses propos, parlait du type de bois qui donnait la meilleure fumée pour le barbecue.

— Salut, tu es enfin là, dit mon père, le sourire aux lèvres et l'air détendu, même si Cody était à côté de moi et me tenait la main.

Je m'efforçai de ne pas rougir et de ne pas regarder

Cody. Je me demandais même s'il ne souriait pas en pensant à la *raison* de notre retard.

— Qu'est-ce que tu fais ici ? lui demandai-je.

— Quand le chef d'une meute de loups t'invite à un pique-nique, il semble que la seule réponse à donner soit « super idée » et « à quelle heure ? » dit mon père en souriant. En plus, je suis venu accompagné.

Mon père était venu avec quelqu'un ? Je restai bouche bée. Il pointait du doigt derrière moi. Je me retournai et...

— *Mamie ?*

Elle était installée dans un fauteuil de camping, une assiette pleine de nourriture sur les genoux, un verre dans le porte-gobelet de l'accoudoir. Une femme était assise à côté d'elle et elles discutaient, ma grand-mère riait.

Je déglutis difficilement et regardai Rob.

— Tu ne vas pas demander à Cody de ...

Rob secoua la tête.

— Pas question de vous effacer la mémoire. C'est plus facile que ton père soit au courant.

Ouais, ça aurait été vraiment difficile de garder ce genre de secret pour le reste de ma vie.

— Quand je pense que tout a commencé avec moi, dit Tyler en souriant. Salut, Riley.

Est-ce que tu as fait la connaissance de Wes, le nouveau contremaître du ranch ?

Je secouai la tête lorsqu'un homme roux et costaud s'avança.

— En fait, oui. Enfin, pas rencontré vraiment, mais je

vous ai déjà vu. Votre fille, Rémy, va à l'école maternelle où je travaille.

— C'est vrai. Ravi de vous revoir, dit-il. Son sourire était chaleureux et amical.

— Où est Rémy ? demandai-je en regardant autour de moi. À ce que je savais d'eux, ils venaient d'arriver d'un autre état et la mère de Rémy ne vivait pas avec eux. Ce que je n'*avais pas* su, en revanche, était qu'ils étaient tous les deux des métamorphes.

Il montra du doigt le ruisseau tout proche où la petite fille de quatre ans était occupée à empiler des cailloux. Elle semblait appliquée et concentrée sur sa tâche, même avec d'autres louveteaux et adultes autour d'elle.

— Je cherche une nounou, si vous ça vous intéresse, dit-il.

Sa remarque me surprit.

— Oh, euh, eh bien. Je ne peux pas avec l'école et tout ça, mais je vais me renseigner.

— Merci beaucoup.

Rémy l'appela, il inclina son chapeau de cow-boy et quitta notre groupe pour s'occuper d'elle.

— Je promets de ne plus tuer de pumas, d'accord ? dit Tyler, nous ramenant à notre conversation initiale.

Cela me fit rire parce que tout cela avait commencé à cause d'un animal sauvage et non d'un loup métamorphe.

Ou à cause du destin, comme je commençais à le croire.

Je le serrai rapidement dans mes bras et lui rendis son sourire. Je n'avais pas pu m'en empêcher.

— Ton père a promis de garder notre secret, dit Rob, en

nous dirigeant de nouveau vers l'énorme barbecue. En plus, j'ai un moyen de pression sur lui s'il décidait de divulguer notre secret.

Je fronçai les sourcils.

— Toi.

— Je veux que tu sois en sécurité, Riley Roo, dit mon père.

Il ne plaisantait pas. L'expression de son visage reflétait une certaine angoisse, sans doute parce qu'il se souvenait de ce qui s'était passé dans son salon.

Le regard de mon père se porta sur Cody.

— Cody t'a protégée. Il continuera à le faire. Toute la meute sera là pour toi. Je ne mettrai pas ça en péril. Ni leur groupe.

Rob serra la main de papa.

Cody me pressa légèrement le flanc, puis je m'approchai de mon père et le serrai dans mes bras.

— Merci.

— Je veux juste que tu sois heureuse, murmura-t-il.

Je hochai la tête contre sa poitrine.

— Je suis heureuse avec Cody.

— Je sais. Mais si jamais il te rend triste, j'ai mon arme.

Je ris parce que nous savions tous les deux à quel point c'était inutile.

Il me relâcha, et j'eus l'impression que le moment était venu, comme si j'étais devant l'autel et que mon père me remettait entre les mains de mon futur mari. Il donnait sa bénédiction en silence. Devant Rob, l'alpha. Devant toute la meute–même si elle était occupée à s'amuser à son propre pique-nique. Et face à Cody.

Je me hissai sur la pointe des pieds et embrassai Cody. Rien de fou, juste un... petit bisou complice.

— Et Mamie ? lui demandai-je, me souvenant de sa présence et du fait qu'il n'était pas le seul membre de ma famille à être venu. Est-ce qu'elle pense que ce n'est rien d'autre *qu'un pique-nique* ?

— Mais c'est juste un pique-nique, dit Willow en s'approchant de Rob et en l'embrassant. Avec un petit quelque chose en plus, dit-elle en souriant et en faisant un clin d'œil. Quant à ta grand-mère, elle est au courant depuis le début.

Je jetai un coup d'œil à ma grand-mère. Elle regarda dans ma direction et sourit. Fit un petit haussement d'épaules.

Putain de merde. *Elle savait.*

Puis j'éclatai de rire. Parce que tout allait bien.

J'avais mon homme. J'avais ma famille. J'avais ma meute.

J'avais... tout.

ÉPILOGUE

CODY

— Vous pouvez maintenant embrasser la mariée.

Je me tournai vers Riley, ma belle épouse, et pris son visage entre mes mains. Mes lèvres se posèrent sur les siennes, d'abord doucement.

Et puis merde.

Je la soulevai dans mes bras, comme si nous partions en lune de miel, et je la fis tourner sur elle-même en l'embrassant à pleine bouche. Ses bras s'enroulèrent autour de mon cou, son voile retombant élégamment derrière sa tête.

Les invités de notre mariage émirent quelques sons choqués, puis l'église se mit à applaudir à tout rompre. Le sentiment d'avoir trouvé ma compagne, ce jour fatidique à cause d'un puma, ne surpassait en aucun cas ce moment. Mais il s'en rapprochait. Riley était déjà à moi depuis le premier soupçon de son odeur, mais lorsqu'elle m'avait dit qu'elle m'aimait, cela avait consolidé notre relation. Puis ma marque sur son cul parfait l'avait finalisé. Et maintenant...

Pour le monde humain, nous étions unis pour toujours.

— Oh, eh bien, c'est nouveau ça, dit le pasteur en riant.

Je supposais que les sifflements émanaient des métamorphes de l'église.

— C'est bon, papa, dit Tyler, mon témoin, en me tapant sur l'épaule, un petit rire gêné dans la voix.

— Très bien, dit le pasteur en riant quand je continuais d'embrasser ma femme. Maintenant, vous êtes censés sortir ensemble de l'église en vous tenant par la main.

Non. Je n'allais pas la poser. Elle avait voulu que nous respections les traditions humaines, j'étais d'accord, mais maintenant que nous étions officiellement mariés, j'allais la revendiquer. À la manière humaine.

Je mis fin au baiser pour qu'elle puisse sourire à ses amis et à sa famille pendant que je la portais pour sortir de l'église.

Oui, je la portais. Elle avait de la chance que je ne la jette pas sur mon épaule pour la kidnapper à nouveau.

Nos invités nous acclamèrent, la foule devenant de plus en plus bruyante.

— Très bien, pose-moi, dit Riley quand nous fûmes sortis du bâtiment.

— Non, plus jamais, jurai-je en souriant. Je ne m'étais pas attendu à être aussi satisfait d'un rite humain.

Elle se mit à rire.

— Cody, nous devons nous installer par ici et saluer tout le monde lorsqu'ils sortent.

— Oh.

Je m'arrêtai et pivotai, toujours un peu réticent à laisser sortir de mes bras.

— Juste ici, m'indiqua-t-elle en faisant claquer ses pieds recouverts de sandales argentées.

Mon loup avait envie de grogner, mais il savait que cette cérémonie ne faisait que nous rapprocher encore plus.

— D'accord, d'accord. Mais ne t'enfuis pas.

Je la basculai pour la remettre doucement sur ses pieds et approchai mes lèvres de son oreille.

— Tu sais que mon loup meurt d'envie de mettre cette robe en lambeaux pour t'attraper.

Cette remarque la fit rire.

— Je savais que nous n'aurions pas dû choisir une date de mariage pendant la pleine lune.

Nous avions laissé une année entière aux humains de Cooper Valley pour s'habituer à notre relation. J'avais acheté la bague de fiançailles le lendemain du jour où je l'avais marquée, mais elle ne l'avait pas mise à son doigt avant la nouvelle année, pour préserver les apparences. Je m'en moquais. Elle avait été marquée, elle était à moi.

C'était tout ce qui comptait pour moi.

Au cours de l'année écoulée, j'avais passé la moitié de mes nuits chez elle, et elle en avait passé l'autre chez moi.

Au début, il y avait eu quelques remarques scandalisées, les gens se plaignaient qu'elle avait le même âge que Tyler, mais cela s'était vite calmé lorsqu'ils nous avaient vus ensemble. Tout le monde voyait que nous étions faits l'un pour l'autre.

Le fait que son père ait fait taire les gens nous avait aussi aidés. Je ne pensais pas qu'il ait brandi son arme pour que les gens arrêtent leurs commérages, même si je ne doutais pas qu'il en aurait été tout à fait capable. Après la nuit où l'intrus avait pris Riley en otage et tout ce qui avait suivi, il était plus que quiconque d'accord pour que nous soyons ensemble. La grand-mère de Riley aussi.

Eh bien, ils étaient peut-être ex-aequo sur ce point.

Je ne doutais pas non plus que c'était elle qui influençait le plus la ville. Elle était redoutable et sa parole faisait autant loi dans cette ville que celle du shérif.

Riley n'avait plus qu'une année d'études à faire pour obtenir son diplôme et son certificat de professeur. Même si elle n'avait pas besoin de travailler (c'était l'avantage d'épouser quelqu'un de plus âgé qui avait eu le temps d'investir et d'épargner) c'était le job de ses rêves.

Je ne lui refuserais rien. Mais elle avait arrêté de travailler à l'école maternelle pour aider au bar, ce qui nous avait permis de mieux synchroniser nos horaires de sommeil. C'était un avantage certain.

Les membres de l'équipe de l'organisation de notre mariage (Tyler, Kyle et Boyd pour moi, et Lila, Alice et Wendy pour Riley) prirent place juste derrière nous. Nos invités sortirent de l'église, la grand-mère de Riley en premier, avec le visage baigné de larmes de joie, suivie d'Anne, la mère de Tyler, et de son compagnon, Kevin. Anne m'embrassa sur la joue.

— Je suis si heureuse pour toi. J'ai toujours détesté le fait que j'aie trouvé mon compagnon prédestiné et pas toi.

— Tu sais que je ne t'en ai jamais voulu une seule seconde, lui dis-je, comme je le lui avais déjà dit une centaine de fois.

Dans notre culture, les compagnons prédestinés l'emportaient sur tout le reste.

Ses yeux se remplirent de larmes.

— Je sais, je suis juste très heureuse pour toi.

Elle prit les deux mains de Riley dans les siennes et ajouta :

— Riley, tu as trouvé quelqu'un de bien. Un père dévoué. Un homme honorable. Prends soin de lui.

Les yeux de Riley s'embuèrent aussi.

— C'est ce que je compte faire.

— Ne fais pas pleurer mon épouse, la réprimandai-je, en serrant la main de Kevin et en les chassant gentiment.

Je passai mon bras autour de la taille de Riley et serrai son corps contre le mien pendant que nous embrassions et serrions la main de tous les humains et métamorphes venus assister à la cérémonie.

Puis nous sortîmes de l'église où ils s'étaient tous placés pour souffler des bulles sur nous et nous courûmes jusqu'à la limousine que j'avais louée pour nous emmener à la réception.

À l'arrière de la limousine, je saisis le bouquet d'arums

de Riley, que je posai sur le siège, puis je fis monter ma magnifique épouse sur mes genoux.

— Bonjour, Mme McIntire, la saluai-je en caressant la peau nue de son épaule fine.

— Abbott-McIntire.

— Tu es ma femme.

Elle me sourit et prit mon visage dans ses mains.

— Tu es mon mari.

Elle caressa ma barbe avec son pouce. Je resserrai mon emprise sur ses fesses, mon côté loup devenait agressif.

— Trois heures, ma belle. On va danser, manger du gâteau et fêter ça. Et ensuite, tu vas courir nue sous le clair de lune.

Ses yeux se plissèrent.

— Nue ?

— Sauf si tu veux que je t'arrache cette robe dans les bois. Parce que c'est à peu près tout ce à quoi je pense en ce moment.

Ma bite se mit à bander contre ses fesses, à l'intérieur de mon pantalon de smoking, pour le prouver.

Elle rit, se tortillant sur mon érection.

— Eh bien, que tu mettes ma robe en lambeaux, ça a l'air excitant. Mais bon, je pense que je vais garder cette robe pour mes filles.

— Tu seras toute nue, alors, lui demandai-je en souriant.

— Et tu me poursuivras ?

J'eus le souffle coupé en voyant à quel point elle était belle avec ses magnifiques cheveux auburn coiffés en chignon, une pièce en cristal retenant son voile épinglé dans le dos.

L'impression de chaleur dans ma poitrine était presque trop forte. Je craignais que mon cœur n'explose.

— Je te poursuivrai toujours. Partout où tu courras.

CONTENU SUPPLÉMENTAIRE

Devinez quoi ? Voici un petit bonus rien que pour vous. Inscrivez-vous à notre liste de diffusion; un bonus spécial réservé à notre abonnés. En vous inscrivant, vous serez aussi informée dès la sortie de notre prochains romans (et vous recevrez un livre en cadeau... waouh !)

Comme toujours... merci d'apprécier mes livres.

http://vanessavaleauthor.com/v/2fh

OBTENEZ UN LIVRE GRATUIT DE VANESSA VALE !

Abonnez-vous à ma liste de diffusion pour être le premier à connaître les nouveautés, les livres gratuits, les promotions et autres informations de l'auteur.

livresromance.com

LIVRE GRATUIT DE RENEE ROSE

Abonnez-vous à la newsletter de Renee

Abonnez-vous à la newsletter de Renee pour recevoir livre gratuit, des scènes bonus gratuites et pour être averti·e de ses nouvelles parutions !

https://BookHip.com/QQAPBW

LISTE COMPLÈTE DES LIVRES DE VANESSA VALE EN FRANÇAIS:

http://vanessavaleauthor.com/v/pp

OUVRAGES DE RENEE ROSE PARUS EN FRANÇAIS

www.reneeroseromance.com/francaise/

Romance paranormale

Alpha Bad Boys
Les Ours Bad Boys
Les Dominateurs Alpha
Les Loups-Garous de Wall Street
Lycée Wolf Ridge
Le Ranch des Loups
Deux Marques

Romance et science-fiction

Maîtres Zandiens
Les Épouses Zandiennes

Romance contemporaine

La Bratva de Chicago

Les Nuits de Vegas

Série Made Men

Dompte-Moi

Alpha des montagnes

Série Chicago Sin

À PROPOS DE VANESSA VALE

Vanessa Vale est l'auteur à succès USA Today de romans d'amour sexy, y compris sa populaire série de romans historiques Bridgewater et de romans contemporains très chauds. Avec plus d'un million de livres vendus, Vanessa écrit sur des bad boys qui, lorsqu'ils tombent amoureux, ne font aucune concession. Ses livres sont disponibles dans le monde entier, en plusieurs langues, sous forme de livres électroniques, imprimés, audios et même de jeux en ligne. Lorsqu'elle n'écrit pas, Vanessa relève le défi chaque jour en élevant deux garçons et en testant combien de repas différents elle peut préparer avec une cocotte-minute. Bien qu'elle ne soit pas aussi douée que ses fils pour les médias sociaux, elle aime interagir avec les lecteurs.

https://vanessavaleauthor.com

À PROPOS DE RENEE ROSE

RENEE ROSE, AUTEURE DE BEST-SELLERS D'APRÈS USA TODAY, adore les héros alpha dominants qui ne mâchent pas leurs mots ! Elle a vendu plus d'un million d'exemplaires de romans d'amour torrides, plus ou moins coquins (surtout plus). Ses livres ont figuré dans les catégories « Happily Ever After » et « Popsugar » de USA Today. Nommée *Meilleur nouvel auteur érotique* par Eroticon USA en 2013, elle a aussi remporté le prix d'*Auteur favori de science-fiction et d'anthologie* de Spunky and Sassy, celui de *Meilleur roman historique* de The Romance Reviews, et les prix de *Meilleur roman de science-fiction, Meilleur roman paranormal, Meilleur roman historique, Meilleur roman érotique, Meilleur roman avec jeux de régression, Couple favori* et *Auteur favori* de Spanking Romance Reviews. Elle a fait partie de la liste des meilleures ventes de USA Today cinq fois avec plusieurs anthologies.

Abonnez-vous à la newsletter de Renee pour recevoir des scènes bonus gratuites et pour être averti·e de ses nouvelles parutions!

https://www.subscribepage.com/reneerosefr